奇幻書界 ②

戲院迷域

蘇飛 著

山邊出版社有限公司

目錄

殘缺的封皮

一處廢墟，兩個人影出現在廢墟中。

一位穿着華服，另一名塊頭高大，為華服者開路。他們二人，是立體書世界的大公爵亞肯德及其追隨者伊諾。

大公爵亞肯德單手捏着鼻子，走得小心翼翼，一個不小心他差點扭傷腳，心情大為不忿，不禁吹鬍子瞪眼，怒目環顧四周，道：「這破爛地方真有我們要找的東西？」

「呃，是的。大公爵，我——」伊諾彎曲食指和中指兩根指頭，作勢戳向眼睛，再比向廢墟，道，「我『看』到他們經過這裏，准沒錯！」

伊諾抬起右手瞇眼審視廢墟一圈，説：「應該就在附近了。」

大公爵搖搖頭，受不了這廢墟頻頻傳出的異味。

「這騷味真是臭死人！」他捏着鼻聲音尖銳地說，一副十九世紀尊貴裝扮的他眼睛吊高、嘴角嫌棄地往下垂，顯得挺滑稽。

「這裏之前是那些流浪狗的聚集地，那麼多狗兒盤踞多年，肯定是臭的了。」

「那還不快點找出來？」大公爵焦躁跺腳喝道。

伊諾趕忙低下頭快步向前，不斷搜尋腳下的斷壁殘垣。

大公爵凸起下唇氣惱地噴氣，無可奈何地繼續朝頻頻傳出騷味的廢墟前進。

剛邁步走前，大公爵竟不意踩着了陳年積「糞」，華麗的靴子沾上了黃綠色的黏稠物及粉末⋯⋯

大公爵終於爆發了，他大叫道：「廢物！」

隨着怒喝，他氣呼呼地用起幻術，口中念念有詞。

只見偌大的大塊頭伊諾騰空升起，在他飛起之際連帶着周遭的瓦礫一同飛躍，跌至斷垣牆角。

伊諾從瓦礫堆中突破出來，也不喊疼，只急急擦拭傷痕爬了起來。

「大公爵，請耐心點，一定會找出來——」伊諾未説完，眼角瞟到剛剛瓦礫飛起的廢墟有一個尖尖的東西露了出來，「找到了！」

伊諾衝過去扒開瓦礫，把那露出尖角的東西抽了

出來！

「看吧！我説得沒錯，果真藏在這裏！哈哈哈！太好了！我們終於找到了！」

大公爵瞪着伊諾手上的東西，納悶地問道：「這就是你説的立體書？」

「是啊！貨真價實的立體書！」伊諾説着望向那東西，竟是張紙皮！他驚得手一抖，碎片掉了滿地。

「這就是你説的立體書？」大公爵放大音量重述一遍，氣呼呼喊道，「是碎紙片吧？」

「啊？不，不可能——」

伊諾看着散落一地的碎紙片，眉頭皺成了八字。

大公爵又吹鬍子瞪眼道：「找了老半天，就只有這些沒用的碎紙？伊諾，我看你的能量太弱了，不能為我所用。哼！看來是時候找個新徒弟了。」

「不，不！大公爵，我絕對會幫你找出立體書！你一定要讓我跟你學習！」

大公爵毫不理會地拂塵而去，這時伊諾大喊道：「等等！」

大公爵止步回頭。

伊諾將碎紙片掃成一堆集中起來，一片片地試圖拼湊，大公爵踱步過去睨視。

大塊頭伊諾在大公爵的注視下急急拼砌，拼得滿頭滴汗，手部微震。他生平最怕的事，大概就是無法學習

幻術。

「看！這是立體書的封皮！」

只見伊諾在地上拼湊出來的碎紙片不規則地靠在一塊兒，雖然看起來破敗不堪，缺了許多部分，圖畫也看不清，但從上面殘缺的浮凸字形，依稀可看出寫了些字。

「桃樂絲……冒……險……日誌？」大公爵念出來之後大吃一驚！

「哼！想不到讓他們搶先一步把書毀了！」

大公爵暴跳如雷。

「原本想對他們報復，他們居然選擇玉石俱焚！氣死我了！氣死我了！」

「大公爵息怒，其中必有玄機啊！他們這麼珍愛立體書，竟捨得毀掉它，這當中一定有某種不可告人的緣由。」

「是啊……怎麼可能毀掉立體書呢？他們不是拼盡所能保存那本立體書的世界，不許我打亂次序的嗎？嗯……這樣做根本是本末倒置，不，是愚笨至極！」

大公爵在廢墟中來回踱步，想了好一會兒，仍想不出個所以然，他瞟向伊諾，問：「你說，到底是什麼原因？」

伊諾期期艾艾地，半晌答不出半句話。

大公爵雙目一瞪，大聲吩咐伊諾：「還不快用你的

後見能力看看！快快快！」

伊諾趕緊立定原地，深吸口氣，正襟危坐地閉上眼睛。

他雖然擁有後見能力，但這能力有時候並不管用，最近還有越來越弱的跡象。因此他打定主意，非得要大公爵儘快教導他幻術，以防萬一某天能力突然盡失時還有幻術旁身，不至於孤零零一個人什麼都沒有。

他放鬆意識，全身鬆鬆軟軟地進入入定狀態。

一片模糊不清的影像忽爾清晰忽爾朦朧地呈現於他眼前。

伊諾睜着眼努力地看，視線彷彿聚焦於眼前，卻又是失焦的。這樣形容雖然矛盾，但確實是他目前的狀態。因為他努力觀看的影像，並不存在於這個空間。

漸漸地，他眼前飄忽不定的烏黑雲霧散去了。

他看見了！那是一張年代久遠、有點皺褶的罕見牛皮紙。

上面寫着什麼呢？他的目光往額頭中央「推進」，如攝像機一般地放大了眼前所見的事物。

「儘快完成任務，若失敗了，維持該立體書世界運轉的能量將會被打亂，並很可能轉移到打亂次序的他身上。」

他快速念出牛皮紙上所寫文字，再呵口氣，轉頭望向身旁那穿着一身華服的大公爵。

「嗯⋯⋯如果他們來不及完成任務，立體書世界的能量將被打亂⋯⋯並可能把能量轉移到打亂次序的他身上？這個『他』是誰？」大公爵疑惑地推敲着。

「很明顯就是您啊！還有誰讓他們這麼懼怕？還有誰擁有這麼強大的力量？」伊諾順勢諂媚一番。

「那還用說？哈哈！當然只有我才有這本領！可是他們為什麼要毀掉書？」

伊諾看到大公爵滿是期待的眼神，趕緊皺緊眉頭，擺出深度思考的模樣。

「啊！難道是他們來不及完成任務，又不想讓能量轉移到我身上，所以才毀掉書？」大公爵撅着鬍子，急促地說。

伊諾忙不迭地點頭。

大公爵瞇起眼睛，唇上的兩撇八字鬍抖了一抖，然後嘴角忽地展延往上彎成誇張的角度，眼睛睜得老大，興奮地朝天放肆大笑。

笑聲貫穿整個空間，而剛才念出文字的伊諾畢恭畢敬地向大公爵鞠躬，並微微地張嘴笑了笑，說：「恭喜大公爵。」

大公爵陡然止住了笑，神情振奮地說：「我已經迫不及待想打亂立體書世界的次序了！走！這本被毀了，還有下一本！」

語畢，大公爵與伊諾迅速竄離廢墟。

① 關鍵人物

　　一輛車子朝着彎曲的小路前進，司機邊開車邊看着手機上的導航路線。

　　「前面就是你們要去的地方了，對嗎？」司機望向倒後鏡中的客人問道。

　　倒後鏡中的客人是兩名十三歲的青少年，小希與俊樂。兩人穿着頗為隆重，小希穿上一條連身米白色蕾絲裙，俊樂則在白色襯衣外套上加黑色西裝馬甲，與平時的他們判若兩人，皆因他們待會兒要去的地方必須盛裝進場。

　　他們是應小提琴家岳恒*之邀，到市內頗具歷史的表演中心觀賞戲劇表演。

　　「我們要去的地方是『城中表演中心』。」小希向司機確定道。

　　「那就對了。」司機說着，繼續依據手機導航路線行駛過去。

---

* 《奇幻書界》第1集中的街頭音樂家，岳恒在小希幫助下順利在國家音樂廳舉辦了一場小提琴獨奏會。

　　「城中表演中心」頗負盛名，小希在網上看過介紹，它在第二次世界大戰前就建立，已有超過半個世紀的歷史。可惜在戰時被炮火摧毀過，因此寂靜了很長一段時間才再為人所知。

　　來這裏觀賞表演的人們通常會提早到這兒「打卡」，拍拍照留念，欣賞這古樸建築的構造與氛圍。建築旁邊就是公園，樹木參天，風景優美，還有個靜謐而有魚兒悠游其中的大湖。即使不是來看表演，慕名到這兒散步踏青的人也不少，更有許多外國游客蒞臨參觀遊玩呢！

　　「這麼有歷史的地方，待會兒一定要好好參觀一番！」小希盤算着，正要對俊樂説出口，司機卻把車子停下來。

　　「到了。」司機指指左邊的一幢建築。

　　小希和俊樂從窗口望出去，左邊是一幢殘舊的單層樓房，屋子面積小，上面有個牌匾寫着：城中管理處。

　　「不對啊！司機伯伯，我們是去看表演。那裏有表演廳，不可能是這麼小的地方。」小希説。

　　「對啊，對啊！不可能在這裏。」俊樂附和着説，他看起來有點緊張。

　　「這樣啊，我再看看。」司機手指劃過手機熒幕，放大城中表演中心的路線來看，「是這裏啊！奇

怪，地圖顯示就在這個地方。」

司機邊說邊朝四周查看，除了這幢房子，路的兩側都種滿了樹。樹旁長滿雜草，看起來有點荒涼。

「不會是走錯地方了吧？」俊樂小聲地問小希，忐忑地搓搓手掌。

小希也感到困惑，堂堂一個表演中心，不可能在這麼偏僻荒涼的地方，她不禁開始不安起來。

「別擔心，可能這地方太偏僻，要不然就是我這手機導航出了問題，我們再往前試試。」司機察覺到小希和俊樂的不安，將車子駛向前方。

　　車子所經之處都不像是表演中心，有一個沒落的停車場，還有一排像員工宿舍的殘舊房屋。接着，他們來到如古跡一般的偌大半圓形門框建築，上面還鋪蓋着殘缺的綠色紗狀防護網，看起來曾經嘗試整修，但沒整修完即遭到廢置。

　　「不會是這裏吧？這裏很大，可是……」俊樂擔憂地説。

「肯定不是。這裏像是廢置的建築，不可能是表演中心！」小希説着，問司機道，「司機伯伯，你可以再走前試試嗎？」

「當然可以。」

司機往前繼續行駛，道路兩旁依舊是荒蕪不堪，野草叢生。幸好大約行駛一公里後，眼前出現了一片紅磚砌成的古老城牆。

「哎！導航顯示這兒是盡頭，沒路了，肯定是這裏！不過啊，這城中表演中心位置也真蹊蹺，附近一片荒涼，以後你們還是少來為妙，否則被壞人抓走了也不知道怎麼回事……」司機囉嗦地嘀咕着，按下自動開關掣，車門打開了。

小希付了司機車資，趕緊拉着俊樂走下車子。

司機把車開走了，小希和俊樂兩人站在古樸的紅磚城牆前方，突然有一種被丟棄在無人小島的荒蕪感。

「小希，你確定真是這地方嗎？為什麼連個招牌也沒有？」俊樂忐忑地問。

「不去看看怎麼能確定呢？」小希説着，踏步向前。

當他們越過殘舊的紅磚牆後，不遠處一幢三個半圓體構成的建築映入眼簾。那建築有三層樓高，上方掛着幾個大大的方體字牌：城中表演中心。

「呵！就是這裏！太好了！」俊樂興奮得跑過去。

　　小希漫步走去，觀賞着青葱的樹木和滿滿的草坪，還有沿途置放的可愛動物雕塑。最令小希歡喜的，是建築上如水瀑般懸垂下來的藤蔓，它們有如天然的綠色瑰麗垂簾，把這古舊建築包裹起來，細心呵護着，非常賞心悅目。

　　建築本體右前方就是一大片湖，幾隻水鳥在湖中央的小島上歇息，湖邊還有外國遊客在餵魚。小希見時間還早，正想過去瞧瞧，俊樂卻扯起嗓門喊她：「喂！小希，快過來！小希！小希！這裏！」

　　前方公園步道有位頭髮斑白的老人聽到，看了過來。他直勾勾地盯着小希，皺着眉頭，似乎很不高興有人打擾了他的雅興。小希慌忙低下頭，急急走向還在拚命揮手的俊樂。

　　「喂，別喊我，大家都知道我叫小希了。」小希扯扯俊樂的衣袖低聲說道。

　　「有什麼關係？反正大家都不認識你。」俊樂滿不在乎地說，隨即興奮地指向裏頭的咖啡廳嚷道，「這裏有咖啡廳啊！很有氣氛的咖啡廳，名字也好特別——比，華，利！比華利咖啡廳！」

　　小希的臉通紅滾燙，她開始後悔邀俊樂一塊兒來觀賞戲劇了。

　　「走！趁戲劇還沒開演，我們去比華利吃東西喝茶！」俊樂說着，率先走進了氣氛幽靜的咖啡廳。

「比華利？這名字好像在哪裏聽過⋯⋯」小希沉吟着，步入咖啡廳。

俊樂忙着欣賞櫥窗內的甜品和餐牌，兩眼都發光了。

「小希，小希！你看這香草歐蕾蛋糕、草莓芝士蛋糕，還有香蕉巧克力戚風！啊，還有這個，榴槤蛋撻！看到都流口水了⋯⋯」俊樂一副懊惱的模樣，「怎麼辦？全都很好吃的樣子，到底該吃哪個？」

小希沒好氣地說：「出門前不是才吃了你媽咪的拿手好菜——法式奶油燉雞和最近最火紅的日式吹彈欲滴水嫩布丁嗎？」

「那不一樣，不是蛋糕！呵，到底哪個最適合看劇前吃呢？」俊樂嘟起嘴，眼睛發直地繼續盯着櫥窗。

「那你慢慢想吧，我先去找位子。」

小希找了個靠窗位子坐下，她對俊樂這位大食饕同班同學貪戀美食的脾性早就習以為常。

她看了看環境，這咖啡廳不單舒適，裝置和擺設還有一種獨特的藝術美感，氣氛放鬆而自在，讓人不禁想在這裏待上一整天呢。

小希感受着間隔頗大的咖啡座椅，簡樸淨素的桌椅材質。樣式別致的吊燈照射出昏黃暖色燈光，與暗沉地磚的美麗花紋相互交織，似乎在演繹一齣光與色的瑰麗影片⋯⋯她沉浸在其中，眼角不意掃去後方，瞄到角落

的裝置藝術區。

那裝置藝術由七個鮮紅色圓弧角長方塊構成，呈階梯形態鑲嵌於咖啡廳牆面，其內心中空，約能容納一個成年人的身軀。七個長方塊連接處相通而一體成型，頗有錯落交織的後現代藝術風情特色。

小希對那圓弧角長方塊充滿臆想，想着或許七個小矮人工作累了或流浪漢沒地方住，可以來這長方塊住下，長方塊就是小矮人或流浪漢的舒適小窩。又或者某個人被人追殺，最後他逃到城中表演中心，躲進長方塊內逃過一劫……

「小希！小希！我選到了！你知道我選了什麼嗎？我選了最美味的榴槤班戟啊！哈哈！你一定想不到這裏竟然會有榴槤班戟吧？你看！這是剛剛才從烤爐端出來的，偏偏給我這靈敏的鼻子聞到……」俊樂邊說邊將手中的托盤移前去給小希欣賞，「你知道這榴槤班戟有什麼特別嗎？原來它裏頭包裹着冷冰冰的榴槤冰淇淋呢！榴槤班戟包裹榴槤冰淇淋，簡直是絕配……」

小希對俊樂喋喋不休的話語有點吃不消，她將視線轉去窗外。下一秒，她兩眼瞪大，張着嘴不知所措。

「是不是對我點到難得的榴槤班戟感到大吃一驚？哈哈！其實也不需要這麼大驚小怪，我這人不知道為什麼就是特別有口福——」

「掉進湖裏了！」小希打斷俊樂的話，馬上衝出咖

啡廳。

「什麼？什麼掉進湖裏？」俊樂傻乎乎地看着小希的背影，低頭望向手裏的榴槤班戟，接着意識到事態嚴重，匆忙放下手中的托盤跑出去。

小希趕到湖邊，看到水面絲毫沒有波紋，水是一片暗沉的綠，好像什麼都沒有發生。她搜尋着，想詢問剛才還在這兒餵魚的遊客是否目睹有人掉進湖裏，誰知周遭已空無一人，只有三兩個裝飾用的動物雕像佇立於草叢間，想來剛剛的遊客已經離開了。

湖面依舊沒有任何動靜。時近傍晚七點，來公園散步或運動的人們應該都已離去。小希望向似乎是突然間暗沉下來的天空，不禁懷疑起自己，自語道：「難道是我眼花？」

這時俊樂氣喘吁吁地跑來，兩手不斷擺動，道：「來不及了，來不及了！」

「什麼來不及？」小希問。

「再不吃榴槤班戟，裏頭的榴槤冰淇淋會融化的！」

小希不語，她對冰淇淋是否會融化一點兒都不在意。眼下最讓她在意的，是有沒有人掉進湖裏。

她擔憂地對俊樂說：「俊樂，剛才我明明看見有個人掉進湖裏，可是來到這裏又什麼都看不見。唉，會不會——」

　　小希還未説完，耳邊突然傳來一陣「噗嚕噗嚕」的聲響，俊樂和小希驚愕地望過去，只見湖中央竟冒出小小的氣泡。

　　氣泡越來越多，看着不斷冒泡的水面，小稀有點害怕。她望向俊樂，誰知俊樂指着那裏哈哈大笑道：「湖在放屁！真稀奇！原來湖也會放屁的！哈哈哈！」

　　俊樂正笑得東倒西歪，湖面忽然噴出一根水柱，朝他們湧過來！

　　小希和俊樂趕緊往後退去，但還是來不及閃避，被湖水噴了滿身滿臉，他們慌忙擦去水珠，眼前竟出現了兩個人！

　　一個是他們意想不到的人物——艾密斯團長！另一個則是小希先前在公園見過的白髮老人。老人此時奄奄一息，艾密斯團長將老人平放在公園步道上，説：「快來幫我！」

　　小希趕緊過去搭把手，艾密斯團長説：「讓他的頭仰高一些，固定頭部。脫掉外衣，還有鞋子。」

　　小希按艾密斯團長的指示固定着老人的頭部，俊樂則忙着幫老人脫掉沉重的外套。

　　脫掉外套後，艾密斯團長開始幫老人做心肺復蘇。試了好幾次，老人仍舊沒有恢復的跡象，艾密斯團長只好繼續費力地按壓老人橫膈膜以上的部位。

　　俊樂非常緊張，但又無法幫到什麼，於是他按照團

長的指示，幫老人脫下鞋子。

「啊！這是什麼？」

小希望過去，看見鞋子裏頭竟是滿滿的小石頭！

小希和俊樂充滿了疑惑，但又不敢打擾正在進行急救的團長。

老人終於恢復了知覺，艾密斯團長對老人說：「沒事了，你好好睡一下吧！」

老人灰濛濛的眼睛望了一眼他們，就閉上眼睛昏睡過去。

這時小希才問：「艾密斯團長，為什麼鞋子裏會有這麼多石頭？」

艾密斯團長緩過氣來，道：「應該是尋死。」

「尋死？咦？是他自己跳進湖裏？」俊樂驚訝得下巴都快掉了。

「嗯，為防人們發現而救起他，所以才在鞋子裏裝滿石頭，不讓自己浮上水面。」

「所以說，艾密斯團長，你破壞了他的計劃？」俊樂問。

「可以這麼說吧。」

「對了，艾密斯團長，你怎麼會突然出現在這裏？」小希好奇地看着艾密斯團長。

艾密斯團長眯着眼，露出招牌式的神秘兮兮笑臉，道：「無事不登三寶殿，當然是有事情才來找你們。」

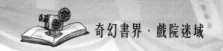

「你找我們？」

「嗯，不過不只是找你們。這次的關鍵人物，是他。」艾密斯團長指着昏睡中的老人。

「他？」小希與俊樂異口同聲地説。

2 無限風光的往事

老人漸漸恢復意識。他記得剛剛在湖邊徘徊時，對於反覆考慮了許久最後尋死的決定有些猶豫。畢竟跳進去就意味着自己即將於這世界消失，也表示他必須經歷很大甚至很可怕的痛苦。

生命真的很奇怪，出生時帶着無比痛苦掙扎着來到世界，死去時又通常以痛苦莫名的方式離開。

「不知為何而來，不知為何而去。這就是我的人生吧？」老人語氣平靜地説。

他已準備就緒，舒適體面的外套，整齊的髮型，手機及錢包等身外物都已經完好地放在屋子桌上。除了這些，桌上還放着一封信。那信件是寫給這一年來常到訪他家，幫他做點家務和除草的男孩小禹。

他決定將所有遺產（其實所謂遺產也只不過是一堆堆滿在儲藏室無人青睞的黑膠唱片）送給小禹，他沒有什麼值錢的東西，銀行裏戶口的餘額在幾年前就已經是零。

在死之前，他還有個小小的願望：他想為自己完整地高歌一曲。

　　為何要強調完整？因為他已經很多年無法完整地唱好一首歌。

　　想他以前登上大大小小的舞台，觀眾貪婪地要求他encho，演唱一首又一首歌曲，那是無限風光的日子。唉！還是別想了，回憶原本是美好的，但對比現在只會讓他更顯得悲戚。

　　他已經不唱歌很久，鄰里們無人知曉他曾是名著一時的天才歌手。

　　「呵呵，只出過一張唱片的歌手。我真是太天真了，以為歌唱的世界多麼美好。」

　　他說着，清了喉嚨好一陣，神情肅穆地深吸幾口氣，閉上眼睛靜默了好一會兒，才終於慎重地開啟嘴唇。對於他來說，歌唱是神聖而不可輕忽的，必須嚴謹對待。

　　「正當梨花開遍了天涯，河上飄着柔曼的輕紗，喀——咳咳！喀——咳咳咳！」

　　他唱的是五歲那年，第一次站上舞台演唱的俄羅斯民歌——《喀秋莎》。可惜才唱了兩句老毛病又犯了，咳個不停。

　　「算了，我還是乖乖認命吧。上天早就剝奪了我的才華，不讓世人欣賞我的歌聲……」他自怨自艾地說着，走到了湖邊。

　　他盯着湖面看，湖的顏色因為湖邊肆長的青苔而顯

現暗黑的綠，深不見底。他彎下身撿起一根枯枝丟過去，想不到引來了魚兒，湖水因而有了些亮影。

看着湖裏游來游去的魚兒，他似乎又看到了生命的活力與美好。

「魚兒們多麼快活，什麼都沒有也沒關係，不是嗎？為什麼我那麼執着，在意人們是否喜歡我的歌呢？

「那時候人們多喜歡我啊！只要我出現的場合，一片歡騰。我的父母師長多麼引以自豪……

「都怪那個唱片製作人，不停挑剔我的歌聲。髮型師怎麼弄不好我的頭髮？那個造型太醜了，我自己都無法接受！

「人們不懂得欣賞我，我還是死了算了……不，不管人們怎麼看我，我自己知道自己的歌好不就行了？」

老人回想着過往種種，內心交戰着。最後他對生命的一丁點兒美好希求讓他懸崖勒馬，放棄了尋死的念頭。

「唉！好不好都是一生，就算沒人青睞沒人理睬，甚至所有人都嫌棄我又如何？只要過得心安理得……」他想起隔壁小禹雙目炯炯地聆聽他說故事的畫面，「至少還有人肯聽我這老懵懂發牢騷，不是嗎？」

他確定自己還想在這個對他無比殘酷的世界多待一陣，呵口氣轉過身，準備邁開腳步離開公園。誰知他一時沒留意到走道上凸起的石塊，被絆了一跤，整個人重

心不穩，順勢往湖的方向跌下去……

撲通！

他沉下水裏，雙手不停擺動，此刻的他並不想死啊！

可惜一早裝進鞋裏的小石頭發揮了作用，他像被人拽進湖底般直往下沉……

他拚命掙扎了好一會兒，最後他知道無法逆轉結局，於是坦然接受了命運。

「也許上天就是要我永遠消失吧……反正我是一個沒有用處的人，存不存在對這世界或任何人都沒有影響……」

他輕輕合上了眼睛，然後開始呼吸困難，同時感到生命一點一滴地被剝奪去。他覺得很痛苦，祈求着痛苦時刻快點過去……

朦朧中，他看見水底有道漩渦。那時候的他並不知道這是關乎他命運的時空縫隙，而以為那是欲奪走他性命的漩渦。

「上天就這麼想帶我走嗎？不！我不想死！上天對我太不公平了！所有我想要的東西都不給我……」他想着，痛苦地抓撓頸項。原來沒有空氣的窒息感如此令人難受，他真的好後悔好後悔，早知道就不來這該死的湖邊，更不應該尋死……但一切都已太遲。

接着，他被捲進漩渦內，後來他完全失去了知覺。

再次睜開眼時，他看見一個穿着奇裝異服的人。那人安撫他，讓他好好睡一覺。

「是啊，我很累很累，好想好好地睡上一覺……」

就這樣，他昏睡過去，睡得很沉很沉，完全不知道周遭發生了什麼事。

3 相反的氣場

　　當他再次醒來，發現自己身處一個偌大的房子內。

　　他意識還很迷濛，心想：這是哪裏？對了，我不小心掉進湖裏！我死了吧？咦，這裏難道是地獄？我來到地獄了？地獄長這樣子？

　　正想爬起來，他聽到身邊傳來聲響。

　　「現在該怎麼辦？等他醒來？可是他多久才會醒來？」

　　「俊樂，你就耐心點，他可是拯救那本立體書世界的關鍵人物。我們必須有他的幫助，才能順利完成艾密斯團長交託給我們的任務啊！」

　　「立體書世界？那是什麼世界？」他困惑地想，「難道這裏不是地獄？」

　　他轉過身，看到了俊樂與小希。

　　「都是他！害我辛辛苦苦買到的榴槤班戟浪費掉了！唉！一想到那香噴噴的榴槤冰淇淋融化了我就氣！」

　　「別想這些，我還不是一樣看不成戲劇？岳恒難得當上了戲劇演出的首席小提琴手，我應該去捧場的……

現在最重要的是等他醒來，帶他一起去找記憶蛋！」

「記憶蛋！對啊！我現在就迫不及待去找記憶蛋了！但他還沒醒來……要不我們先看看艾密斯團長交給我們的書吧？剛才忙着買安頓他的東西，還沒有時間看。你知道嗎？小希，為了買籠子和飼料，我去年辛辛苦苦存的零用錢差不多都花光了，現在想起就覺得心痛。」

「助人為快樂之本啊，俊樂，別忘了我們身上可是擔負了大戲院的興衰……」

他迷迷糊糊地聽着男孩與女孩的對話，茫然地想着：「記憶蛋？什麼來的？蛋怎麼可能會有記憶？」

他很快地爬了起身。

「奇怪，怎麼這麼輕鬆？我這副老骨頭每次睡醒都得掙扎好一會兒才爬起來的啊！」

這時，那位男孩怪叫起來：「啊！他……他醒來了！」

他望向兩人，感覺很微妙。他有很多事想問，於是開口道：「你們是誰？這裏是哪裏？還有……」

咦？為什麼我嘴裏說出來的話變成了咕咕聲？

「我是不是死了？」

才問完，又是一陣莫名其妙的唧唧聲！

「我到底怎麼了？我……我……」

小希與俊樂這時已走到他跟前，小希兩手平攤，

說：「冷靜點！我知道目前的情況對你來說非常怪異，但我們會好好跟你解釋的，你現在放輕鬆，冷靜地聽我們說──」

「唧唧唧唧！嗯嗯哼哼！哼哼哼！」

他怪叫起來，叫聲變幻不停，還到處飛竄，攀牆墜地，整個房間給他跑透透。

「奇怪？我怎麼突然覺得身輕如燕？我變成什麼了？我是一隻鳥嗎？我到底怎麼回事？」他心想着，驚慌地亂喊亂叫。

他繼續攀爬飛竄，過了大約半句鐘，他累了，停下來躲去櫃子後方。

「別怕，我們沒有惡意，你現在的反應都是正常的，你只是一時無法接受變身的事實。」小希盡量溫和地說。

「是啊是啊！當初我變成黑狗的時候也是無法接受。不過再過一會兒，等你肚子餓得受不了的時候，你就會慢慢接受。雖然你現在樣子變成了龍貓，但你的內心其實還是個白髮老人，這些我們都知道，所以你不用擔心。」俊樂跑到櫃子旁偷窺他，以一副過來人的語氣說。

「什麼？龍貓？」他又發出一陣怪叫，「我為什麼會變成龍貓？呃不，不！龍貓是什麼？長什麼樣──」

還未說完，他就看見自己的模樣了。

原來這櫃子是個兩用穿衣鏡，一面是用來照鏡的鏡子，另一面則是實用的櫃子。鏡子裏頭是隻毛髮蓬鬆的動物，毛色灰白，兩眼瞪得老大，一副天真無辜的傻萌樣。

「這是我？哦不，這就是龍貓？怎麼不像貓，反而像老鼠？」他傻乎乎地盯着鏡中的自己。

　　小希對俊樂使了個眼色，迅速走到桌子旁將一個物品掠到身後。兩人慢慢走向櫃子後方，趁龍貓還愣在那兒之際，俊樂一個快手抓住他，並馬上將他關進小希從身後取出的籠子內！

　　他當然又是一陣亂竄亂叫，不停抗議，但他的抗議顯然無效。最後他終於明白自己再怎麼掙扎也沒用，於是乖乖地停下來。

　　他看着自己的小爪子，竟狠下心對着爪子上方那毛茸茸的臂膀用力咬下去，希望這一切都不是真的。但他立即感受到那錐心刺骨的疼痛，唧唧叫着呼痛！

　　看着那被他咬出血痕的臂膀，他慢慢體悟到自己的確如小希所説那樣，變成了一隻毛茸茸的龍貓！

　　他兩眼無辜地望着籠子外的小希和俊樂，一副我見猶憐的可憐兮兮模樣。

　　「你放心，我們不會傷害你，快看看你腳底下。」

　　他望向腳邊，那是個軟墊。不，他對這玩意兒既熟悉又依賴，是個鍵盤！他在無人理解與關注的空間裏，唯一與外界接觸的方式就是通過網絡窺探他厭惡又唾棄的世界。

　　小希指着他腳底下的軟墊鍵盤，説：「這是個藍牙軟布鍵盤，與我手上這台平板電腦是連線的，你試試輸入文字與我們溝通。」

　　小希將平板電腦平放在籠子外，示意籠子內的他在

軟墊鍵盤上輸入文字。

他忐忑地伸出「手指」，在軟墊上按了幾下，發現平板電腦的熒幕上果然出現了他所按壓的字母。他愣了幾秒，似乎覺得很新奇，接着他跳到軟墊空白鍵前方，放膽地敲擊文字。他那毛茸茸的渾圓身子隨着敲擊動作迅速扭動，像是個舞林高手，又像是操縱大型舞會音樂的炫酷DJ。

熒幕上顯示：「說！為什麼我會變成這副怪裏怪氣的樣子？」

「哇！好快！」俊樂羨慕不已地讚歎着，「你能變成龍貓真是太幸福了。你知不知道？想當初我變成一隻笨拙的黑狗，打字是多麼不便——」

「停！快說我為什麼變成這樣？」他又迅速觸碰鍵盤，「手掌」靈活異常。看來龍貓的小手對他使用平板電腦全無障礙！

「聽着，你現在是識謊之靈。艾密斯團長從智慧長者桑納西絲那兒求得一個音樂盒，那音樂盒有個特殊魔力，只要你轉動它，就會變成裏面的動物。你變成的是龍貓，正式名稱是南美洲栗鼠……」

「慢着！什麼團長？還有什麼智慧長者的，我現在是來到神話世界嗎？」

「是艾密斯團長，他是立體書世界的人物，而智慧長者呢……」小希耐着性子對龍貓解釋一番。

他毫無耐性聽小希講解，急急輸入道：「別欺騙我了，哪裏可能有立體書世界？對了！剛剛你說我轉動了音樂盒，問題是——我根本沒有轉動什麼音樂盒啊！」

「不，你有，只是那時候你昏睡過去了。是艾密斯團長抓着你的手轉動它。」

小希想起老人昏睡之後，艾密斯團長對他們所說的話。

「為了拯救比華利大戲院的世界和人們，只能勉強他幫忙了。你們要跟他說明一切，一定要說服他！」

接着艾密斯團長打開手中那漂亮的陶瓷音樂盒，音樂盒內是個華麗的大戲院場景，舞台中央有隻可愛的龍貓趴在那兒。

艾密斯團長慎重地抓起老人的手，轉動音樂盒底下的心形按鈕——

老人的手指轉動了幾圈，音樂盒隨即響起一陣詭異的哥德式音樂。而在音樂響起時，湖邊竟颳起一陣巨大的旋風！旋風吹得樹木瘋狂擺動，落葉漫天飛舞。小希和俊樂趕緊抓住湖邊的老樹，才不至於讓狂風吹走。

一時間，風沙詭音交錯狂舞，他們像來到了迷亂黑暗的地域，心神惶恐。待風靜止，他們眼前就出現了一隻龍貓。

小希望向籠子內的龍貓，對他說：「當你的手指轉動音樂盒之際，就變成了音樂盒內的動物，也就是龍

貓。」

「怎麼可以這樣？在我沒有意識的時候逼我轉動音樂盒！太卑鄙了！你們太卑鄙了！可惡！可惡至極！無恥之徒！你們都是無恥之徒！」

「喂喂，不用寫得這樣過分吧？我以前變成黑狗的時候雖然生氣，也不像你這樣亂罵人，真是沒有修養！」俊樂不悅地說。

「總之沒有人可以隨便把人變成動物！至少我不願意！現在不是民主社會嗎？不是應該尊重我的意願，先問過我願不願意才對嗎？」他理直氣壯地敲擊軟布鍵盤，敲得砰砰作響。

「我知道你生氣，我們沒有先問過你的意願，的確是我們不對。但你想想，你本來就是想尋死的人，在死之前做一件幫助人的事，不是很有意義嗎？」小希語氣委婉地說，試圖安撫氣憤的龍貓。

他「雙手」抓住籠子的鐵枝，似乎有點動搖，但只那麼幾秒鐘，他馬上又輸入：「不，這個世界的人對我太不好了。我為什麼要幫他們？憑什麼要我幫？在我最失落的時候，又有誰曾來幫過我？況且，我根本不想尋死，我是不小心跌進湖裏的！」

「咦？可是艾密斯團長明明說你是自己跳進去的啊！」俊樂撓着頭說。

「不是！我早說了，是不小心！你們到底懂不懂中

文？」

「不小心？不對啊！你的鞋子裏頭放滿了小石頭，艾密斯團長説，那是你為了百分百成功死亡而放進去的！」

「我──」他輸入了一個字，小小的「手掌」彆扭地停在那兒。半晌，他才繼續拍擊鍵盤：「我後悔了不行嗎？不行嗎？」

俊樂啞口無言，他望向小希，小希也一副頭疼的模樣。他們倆真的不知道該如何勸服這隻固執、脾氣又不好的龍貓呢！

小希呐呐地看着腮幫鼓起，耍着脾氣的龍貓，想了想，説：「這世上的人並沒有你想像的那麼不好，你只是運氣比較差，遇見了對你不好的人──」

「你的意思是我一輩子運氣都那麼差，給我遇見了不好的人嗎？哼！」籠子內的龍貓輸入完，生氣地拍打鍵盤，抗議小希的説辭。

小希趕緊安撫他道：「不是的，我不是這個意思。我……我只知道，現在只有你可以幫助比華利大戲院和戲院裏面的人。」

「我管他什麼戲院！戲院裏的人是死是活跟我無關！而且為什麼只有我能救他們？我現在只是無名小卒，誰都不認識，誰都嫌棄唾棄，是個一無是處的老人！」

「不！你怎麼能這樣說自己？」

「反正我就是沒人理睬、惹人生厭的老人，我討厭這個世界，你們竟然要我去救這個世界裏的人？」

他停頓一下，繼續輸入：「為什麼是我？」

「什麼為什麼？」小希問。

「唉！跟你們這些年輕人真是沒辦法溝通。我的意思是，為什麼只有我才能救他們？我雖然紅極一時，但那都是陳年往事，不堪回首。」

「呵？原來你是網絡紅人？你叫什麼名字？」俊樂興致勃勃地問。

「網絡紅人？噴，我才不是什麼網絡紅人。」他的小眼珠吊高着，似乎很不屑的樣子，然後慢條斯理地輸入道，「彼得，大家都叫我彼得。」

「彼得？」俊樂抓抓腦袋，「有這一號網絡紅人？沒聽過啊！彼得兔我就聽過。」

「你怎麼可能聽過？我那個年代，連你母親也可能還沒出生呢！」

「哦，那就是連我母親都不知道的網絡紅人。」俊樂註解道。

「都說了我不是網絡紅人！」他氣呼呼地敲打着鍵盤，「我那時候可是比網絡紅人還令人瘋狂的人物。」

「怎麼令人瘋狂？」俊樂不禁好奇。

他烏溜溜的小眼珠子靈活地轉了轉，嘴邊長長的鬍

鬍往上抖動幾下，得意地輸入道：「有人為了看我翹課離家，甚至有人因此與家人翻臉——」

他突然醒覺到自己現在的凄涼狀態，停頓一下，輸入道：「算了，這些不值一提。快說吧！為什麼是我？」

「嗯，其實……艾密斯團長並沒有交代得很清楚，只是提到你的氣場與比華利大戲院的創辦人有關。」

「什麼？氣場？現在是在做物理研究嗎？抑或氣功研究？還有，我的氣場跟什麼什麼有關？」

「跟比華利大戲院的創辦人有關！」俊樂搶着說。

「創辦人？呸！我壓根兒不曉得那是什麼人，聽都沒聽說過，怎麼可能跟我有關？我跟他完全沒有任何關係！」他氣憤地寫道。無端被捲入拯救奇怪的大戲院行動，又害他變成這副「嬌小」模樣真的讓他很惱火。

「有的，你們之間的關係是完全相反的氣場。世界上要找到兩個氣場一樣的人很難，要找到氣場完全相反的人一樣難！嗯，這……當然也是艾密斯團長說的。」小希忐忑地看着他，不過她知道他一定無法接受這樣的說明。

「夠了！夠了！可不可以找個大人來跟我說？我覺得真的沒辦法跟你們這樣的小屁孩溝通！」他輸入完這些字，生氣地啃起籠子的鐵枝。

他即使變成了龍貓，也是隻脾氣壞透的龍貓呢！

小希懊惱地佇立着，不曉得該怎麼辦。

「對了，艾密斯團長臨走前交給我們的東西！」

俊樂叫着，匆匆跑開，回來時將一本書慎重地擺在籠子跟前，說：「你看了它，應該就會明白了！」

他停止了啃咬鐵枝，望向地上那本頗有質感及厚度的書。那書的封面上寫着幾個大大的燙金字——比華利大戲院。

書中人物在撒謊！

「我生平最討厭看書了，別叫我看。」龍貓在軟墊鍵盤上打了這些字，彆扭地轉過頭去。

「別理他，他就是個愛耍脾氣的老人。小希，快打開來看！我早就想看比華利大戲院到底發生什麼事了！」

急性子的俊樂坐在立體書前，催促着小希，他心底壓根兒不喜歡這固執的龍貓。

小希正襟危坐地盯着眼前厚重的立體書，深深吸口氣，慢慢地把它掀開來。

籠子內的龍貓雖然說討厭看書，但當小希翻開立體書時，他黑溜溜的眼睛竟如夜明珠一般發出光芒！

小希小心翼翼地將立體書的第一頁開啟，書中「蹦」出一個華麗的大戲院場景！

大戲院的熒幕正播映着一套外國電影，台下滿滿的觀眾在觀賞影片。小希注意到男女主角的復古裝扮，她在網上看過這樣的裝扮，應該屬於她祖父母那一輩的年代。

跨頁立體畫面的右下角寫着兩行文字，小希把它讀

出來:「比華利大戲院是一家神奇的大戲院，只要踏進這家大戲院，你的煩惱都會被拋諸腦後，帶着滿滿的夢想和歡樂回去。」

　　俊樂趨近觀察整個大戲院場景，不明所以地說：「這戲院看起來是很華麗漂亮，設備和音響好像也很厲害，但是它不過是一家戲院罷了嘛，有那麼神奇嗎？」

龍貓聽了，似乎很不滿地拍了下鍵盤，接着輸入道：「你怎麼會懂？那個年代電視機還不普及，普通人家裏根本沒有電視機看。能去戲院看電影就是最大的享受和娛樂了！哪像你們現在，隨時能看電影，卻一點品質都沒有，也不懂得電影的寶貴。」

　　「哦。」雖然感覺到龍貓在數落他們這年代的人，但俊樂還是禮貌地應了一聲，他可不想讓人説是個沒教養的孩子。

　　「不，我真的可以感覺到他們的歡樂和興奮呢！想像一下，當我們踏入大戲院的一刻，迎面而來的華麗建築，偌大的熒幕，超棒的音響，舒適的座椅，如果可以坐在裏面觀賞我最喜歡的電影……光想像就令人興奮不已了！」小希指着觀眾席的人們，豔羨地説，「看，台下的觀眾多麼開心啊！這部電影一定是皆大歡喜的大團圓結局！」

　　俊樂望向熒幕前的觀眾，觀眾的神情刻畫得很傳神、細膩，雖然都很開心，但每個人的表情都不一樣。他們正聚精會神地觀賞着電影，有的笑臉盈盈，有的興奮地拍手叫好，有的笑得下巴快掉下來了。

　　「我最喜歡大團圓結局了！耶！太好了！大團圓！大家都在一起了！」俊樂起哄着説，但他瞄到女主角的表情，隨口發表意見道，「不過女主角看起來好像不怎麼開心！」

　　「有嗎？」小希趨近立體書，仔細地觀察熒幕上女主角的神情，困惑地說：「她好像真的很懊惱，這部戲難道不是大團圓結局？」

　　「可能她開心到想哭吧？不是有一句成語是這樣的嗎？嗯……喜……喜極……而泣！對了！哈哈！就是喜極而泣！」俊樂難得說出對他來說相當「艱深」的成語，喜滋滋地叫起來。

　　龍貓小小的嘴巴發出「吱」的一聲，不以為然地晃晃頭。想當年他也是時髦青年，熱愛追求潮流，對於當時的電影更是如數家珍，每部電影的劇情幾乎都能倒背如流。

　　他輸入道：「這是名著小說《飄》改編的經典電影《亂世佳人》，這一幕正是電影裏頭最讓人揪心的一場戲。女主角郝思嘉是位傲慢、脾氣倔強的女子，她在戰亂時期排除萬難支撐起自己的家，原本極度討厭男主角的她後來發現最愛的人卻是他。這是她等待了男主角多年，以為他終於要回來與她團聚的一刻。誰知男主角竟然說一點兒都不喜歡她，決定要離開女主角——」

　　「我知道，男主角一定是想報復她！」俊樂忍不住插嘴道。

　　龍貓用那小眼珠瞪了俊樂一眼，寫道：「不要隨便插嘴！現在的年輕人就是這樣，總不等人寫完，一點耐性都沒有。像你這種說話不經大腦的人，以後肯定沒有

老闆願意聘請你工作！」

　　被小小的龍貓莫名其妙地責備及恐嚇一通，俊樂哭喪着臉、委屈地望向小希，但小希並沒有給予俊樂任何回應。

　　此時的小希杵在立體書前，眼神凝重地噘着嘴摸摸下巴，這是她在思考時的慣常動作。

　　「不對啊！你説男主角決定離開女主角，二人不能在一起的話，那就是悲劇了，對吧？」小希指着立體書中的觀眾們，皺着眉説，「可是你看，觀眾怎麼都不傷心，還一副欣喜若狂的神情呢？」

　　「對啊，對啊！觀眾看起來真的很高興，一點都不傷心！」俊樂趕緊附和。

　　「你們這些沒看過這部經典好電影的小屁孩懂個屁！」龍貓輸入道，一臉不屑。

　　「我們是沒看過，不過現在是説觀眾的表情啊！沒看過電影也看得懂觀眾的表情吧？」俊樂不忿地辯解。他最討厭被人説是小屁孩了，即使同班同學説他是「小狗」*也沒這個糟糕。

　　「這本書就是本騙人的書！你們居然看得津津有味，信以為真，笨蛋！人蠢真是沒有藥醫！」龍貓

---

* 「小狗」是俊樂班上這陣子的流行用語，舉凡做出不招人喜歡或惹人厭的事，都會被人説是「小狗」。

寫完，吐出一聲怪叫，那樣子好像在罵俊樂和小希「笨」！

一而再被龍貓無禮辱罵的俊樂終於惱火了，他生氣地說：「就算你是拯救比華利大戲院的關鍵人物也不能隨便罵人！我媽咪和爹地可從來沒有這樣罵過我！」

「就是這樣的家長才養出你們這些沒用的小屁孩啊！小，屁，孩！」龍貓特意重複強調了俊樂最在意的稱呼，無疑在火上加油。

「你！」俊樂氣極了，他握緊拳頭，幾乎想將拳頭伸進籠子，揍幾下這固執又老愛罵人的龍貓來洩憤。

籠子內的龍貓也不示弱，他抬高頭唧唧叫了幾聲，似乎在跟俊樂嗆聲。

俊樂氣不過，用手掌拍動鐵籠，鐵籠因此而震動，沒想那龍貓一點兒都不懼怕，還跳上來用力啃咬起鐵枝，好像要啃斷它衝出來與俊樂打架一般。

小希眼見兩人衝突越演越烈，趕緊緩和氣氛道：「嘿，可以看電影是值得高興的事啊！觀眾一定是因為可以看這部電影才那麼開心，對不對？唉，如果可以看到這部電影就好了。」

龍貓聽到小希想看這部電影，馬上停止啃咬，跳回去鍵盤輸入：「可以上去一些看電影的網站找。」

對於好的東西，他絕對願意與年輕人分享，更何況是他那麼喜愛的電影？

龍貓望向立體書的熒幕，看着男女主角經典的一幕，緬懷那浪漫曲折的劇情⋯⋯

「『明天又是新的一天』，這是女主角在電影最後一個畫面所説的話。這句話簡直是曠世名言，讓許多人燃起對生命的希望！」

當他沉緬於劇中的浪漫情懷時，全身突然有如被電擊一般疼痛。緊接着，他腦海竟浮現觀眾們傷心拭淚的畫面。

龍貓咕嚕咕嚕的轉動烏溜溜的眼珠，望向立體書的觀眾們。

不對啊！觀眾還是一副興高采烈的模樣啊！那麼我剛才腦海閃出的畫面是⋯⋯龍貓俯首低吟，發出細微的聲響。

「怎麼啦？」小希關切地問道。

龍貓抬頭望向小希，視線與小希對上了。龍貓感受到小希的真切關懷，輸入道：「我剛剛腦海出現了與書上畫面相反的情緒，觀眾們不單一點兒都不開心，還個個皺眉揪心，感動流涕的樣子。」

小希睜大了眼，下一秒她開心地打了個響指，咧嘴笑道：「這就對了！」

「什麼，什麼？」俊樂趕緊問，一臉八卦的樣子。

「艾密斯團長不是説龍貓是識謊之靈嗎？」

「識謊之靈又怎樣？」

　　小希還未向俊樂解釋，籠內的龍貓卻急急地埋頭輸入，寫着：「識謊，應該是可以識破謊言的意思。我是識謊之靈，那就是說我能辨別謊言，對嗎？」

　　小希忙不迭地點頭，說：「對，對！你可以辨別這本書中的所有謊言！」

　　俊樂盯着龍貓，似乎對他另眼相看。

　　「原來書裏面的人在撒謊啊！太誇張了，一個人演戲還好說，全部人一起演戲……」俊樂晃着頭感歎道。

　　龍貓雖然有點沾沾自喜，但對於書中人一起說謊亦感到不可思議，他輸入道：「怎麼會全部人一起撒謊？是誰讓他們撒謊的？」

　　「還不是那位胖嘟嘟的大公爵做的好事！」俊樂不悅地噘起嘴說。他還記得胖子大公爵上一回對變身成黑狗的他施行幻術，讓他騰空飛起再迅速墜落的恐懼感。他這輩子最討厭的事，大概就是被人從空中往下拋了！

　　「誰是胖子大公爵？」

　　「哦，就是——」

　　小希正要說明，房門此時卻咯咯咯地響了幾聲，隨即傳來俊樂母親麗芳的聲音：「明早還要上課啊！俊樂，先讓小希回去，明天再請她來教你功課吧！」

　　「糟了！我媽咪最不喜歡毛髮多多的小動物了！得把他藏起來——」俊樂緊張地說。

　　「哦，我知道了！」俊樂應答着，慌忙地將龍貓籠

子藏去櫃子後，誰知還是被母親瞧見了。

「那是什麼？」麗芳站在敞開的門口問道。

「是……」俊樂吶吶說着，乖乖地把籠子從櫃子後提出來。

麗芳看到籠子內是隻毛茸茸的龍貓，馬上緊張兮兮地說道：「俊樂，媽咪不是跟你說過很多次，你體質很敏感，還有氣喘毛病，不能養這種毛髮很多的寵物嗎？」

「啊，這……這不是我的寵物，是小希的。」俊樂情急之下，隨口胡扯道。

小希瞪大眼，一副詢問俊樂的姿態。俊樂抱歉地眨眨眼，請小希配合。

「伯母，我現在就把牠帶回家，對不起，讓你擔心了！」

小希說着趕緊拿過籠子，收好平板電腦和立體書進背包，急急走了出去。

小希走後，俊樂覺得很沒面子，一臉不悅地對母親嚷：「我都那麼大了，哪裏還會對這些東西敏感？媽咪你不要總是大驚小怪好不好？」

「媽咪也是擔心你啊！萬一真的敏感呢？你不知道自己小時候多令人擔心，動不動就咳嗽、氣喘的！」

「不用擔心！我已經長大了，能夠處理好自己的事情！我要睡覺了，晚安！」

「可是，你至少該去洗一下手，小動物都很骯髒，身上充滿各種肉眼看不見的細菌——」

麗芳未說完，俊樂已氣鼓鼓地關上房門。

麗芳吃了閉門羹，感到自己與兒子被一道門重重地隔開來，完全無法溝通。她懊惱地自問：「他以前是不會這樣跟我頂嘴的，是不是所有青春期的孩子都會這樣叛逆？可是小希好像並沒有這樣啊……唉！也許我真是對他過度擔心了……」

麗芳喃喃自語地走開去。

＊　　　　　＊　　　　　＊

小希回到家時，母親徐堯還在工作室趕工。

徐堯是個室內設計師，平常都待在屋子特殊建構的獨立隔間工作室內埋頭工作。對於小希的生活起居，徐堯基本上採取「自由放養」方式，因此小希的個性從小就非常獨立，雖然文靜內向卻能處理好生活中的大小事務。

像今天，小希帶着龍貓回家，只向母親報備一聲，就回房裏去了。

她知道只要自己能處理好，母親決不會干涉她養寵物的事。母親向來給予她百分百信任及獨自處理事情的權利。

當然小希是假養寵物，真養老人。這龍貓根本不是她的寵物，而是個怪癖老人所變。他外表雖然是龍貓，

49

內心卻還是那個孤獨、固執的老人。

現在小希首要做的事，就是說服這隻怪癖龍貓幫忙執行艾密斯團長交代的任務——尋找記憶蛋。

一向熱衷於推理及偵察的小希對於這項任務充滿好奇，她迫切想知道為何艾密斯團長交與這個奇特的任務。

「為何要找記憶蛋？什麼是記憶蛋？要到哪裏去找？」

懷着這些疑惑，小希把龍貓籠子放到牀上，對龍貓說：「你聽着，我們明天就去尋找記憶蛋。至於為什麼要尋找記憶蛋，只要繼續看這本立體書，應該就能知道原因。」

小希說着，打開了立體書，她翻到第二跨頁。

一位頭髮烏黑的老伯在一台古老的機器旁邊，似乎在轉動着什麼東西，那機器前方有道光打向熒幕。

「原來就是這台機器播放影片給大家看啊！」小希好奇地盯着形狀特別的機器結構。

「這是電影放映機，你不會連這個也不懂吧？」龍貓在軟布鍵盤輸入道。

小希晃晃頭說：「我真的不知道，從沒看過這樣的機器。」

「唉！現在什麼都數位化數碼化，原本珍貴的東西都看不到了。」

「珍貴的東西？」

「是啊！你不知道嗎？膠片是這世界最偉大的發明之一，以前的電影全是用膠片感光來拍攝的！」

「哦，原來是這樣。」小希似懂非懂，關於舊時代的攝影技術，她真的一點兒都不了解。或許是時候翻閱歷史書籍，認識我們每天接觸的事物最初是怎麼來的。

小希欣賞着放映機上的鏡頭、輪盤式的轉盤，各種旋鈕、撥扭，還有一些不知什麼作用的開關鍵。當她望向站在放映機旁的老伯時，卻發現老伯滿臉苦澀地看着放映機，一副束手無策的樣子。

「奇怪，這位老伯的表情好像很懊惱。難道他不懂得操作放映機？」

「你快看旁邊的說明文字。」龍貓輸入道。

小希念出左下角的說明文字：「大家知道嗎？熒幕播映的所有精彩夢幻影片，都來自這台神奇的放映機！看，老哈利正熟練地操作着放映機，他準確地從圓鐵盒中抽出要播映的片子，拉好膠片，繞轉動軸，再開啟引擎，待機器轉動後調整燈光和音量……老哈利就像一名魔術師，沒有他就變不出好看的影片！」

小希念完後，驟然間，她進入了自己的想像空間。她似乎就在老哈利身旁，看着他怎麼操作放映機，繞轉動軸，熟練地開啟引擎，然後影片就從放映機透出一道亮光，迅速映照在熒幕上！大夥兒一起隨着熒幕上的影畫及故事喜悅、悲傷、歡欣、哀愁……

「真神奇！我好像看到老哈利在放映電影給大家看的感覺呢！這本立體書真的太神奇了！」

龍貓似乎也有這樣的感受，不過他並不願意承認這本書帶給他的好感，寫道：「有什麼稀奇？人類都是富有想像力的生物。你的想像力太豐富，過於放任想像力並不是一件好事。」

小希沒有在意龍貓的文字，她鑽研着這一頁的立體場景，推敲道：「老哈利明明就懂得操作這台放映機，可是看他的樣子應該是忘記怎麼操作了。」

「怎麼可能忘記？如果他每天都在操作，沒理由會忘記的！除非他得了老人痴呆症！」龍貓快速地輸入。

「不，老哈利絕對不是得了老人痴呆症。」小希瞇起眼，打了個響指，說，「對了，我們的任務不是尋找記憶蛋嗎？一定是胖子大公爵的法術令老哈利忘記怎麼操作放映機！我們得儘快找出記憶蛋，讓老哈利想起怎麼操作放映機！」

「這胖子大公爵還真無聊，為什麼要做這樣的事呢？」龍貓忍着怒氣輸入道。

「我也不知道，我記得艾密斯團長說過，胖子大公爵很小氣，很記恨。上一回團長的兒子奈斯圖取笑他，他就施行幻術，讓艾密斯馬戲團的團員都失去一樣寶貴的東西，企圖讓馬戲團倒閉。」

「無聊透頂！這樣做對他有什麼好處嗎？」

「我想，並不是每件事都要得到好處才做的吧？胖子大公爵那麼小氣，也許他就是喜歡懲罰取笑或開罪他的人啊！」

「可是這本什麼比什麼利大戲院的人也有開罪或取笑他嗎？」

小希聳聳肩，道：「關於這點，艾密斯團長並沒有跟我們說明。你不知道，艾密斯團長每次來我們這個世界都是來去匆匆的！」

「怎麼能這樣什麼都不交代？我最討厭做事情不好

好交代了！你下次遇見他的時候，一定要問清楚這件事！否則我才不幫你們找記憶蛋呢！」

「呵！這麼說，只要問清楚來由，你就會幫忙尋找記憶蛋了？」小希高興地問。

龍貓磨蹭了一會兒，施施然輸入：「再說吧！我還沒有原諒你們隨意就將我變身的事。唉！不寫了，剛才運動量太大，超過我平時運動量千倍，現在只想睡個好覺。」

龍貓剛寫完，就捲成一團窩在軟墊鍵盤上，像個圓滾滾的毛球一樣睡去了。

「真的睡着了？」小希端詳龍貓可愛的睡姿，心想：難道老人都那麼快睡着？

小希抿了抿嘴，舒一口氣。今晚的戲劇演出沒看成，卻發生了一連串意想不到的事，讓她忙了整晚。

「明天是星期一，輪到我值日……對了，還要開班會、繳交閱讀報告、去教務處訂閱校刊、交周記……」想到這兒小希突然跳起來，「哎呀，我忘了寫周記！算了，回學校才寫吧……放學後就可以去找記憶蛋……到底記憶蛋是什麼樣的……首先去找找雜貨店吧，那裏肯定有蛋……」

小希想着一大堆明天要處理的事，還有該如何執行任務，迷迷濛濛地進入了夢鄉。

5 出走的龍貓

單調的鬧鐘鈴聲響了好久，牀上的小希完全沒聽見。她嘴角抖動了一下，微微往上勾起，似乎在做着美夢呢。

「小希！小希！快把鬧鐘關掉！」

小希房門外有人在叫喚。

那是徐堯，她趕工到天際展露了魚肚白，才終於做完顧客叮嚀的舊居翻新改裝圖。本來準備今天中午交給顧客前先補補眠，小睡一會兒。誰知剛閉上眼，就聽到這惱人的鬧鐘鈴聲。

「小希！還不快起身！」

徐堯拍打小希房門，原本疲憊不已的她因為鬧鐘鈴聲腦袋又振奮起來了。

小希睡眼惺忪地開啟了門，揉着眼睛問：「什麼事，媽咪？」

「鬧鐘響了你不知道嗎？」徐堯指指小希書桌上的鬧鐘。

此時瞌睡蟲已被趕走的徐堯馬上眼尖地瞧見小希牀邊的籠子，問道：「那是什麼？你養了新寵物？」

小希一時轉不過來，說：「不是的，哦，不，不，是啊！」

她跟蹌衝去書桌，把鬧鐘關了，然後視線轉向籠子。下一秒，她嘴巴張得老大，倒吸一口氣大叫道：「完蛋！」

「怎麼了？」徐堯好奇走進小希房裏，她矮下身觀察籠子，「咦？你養什麼寵物？怎麼看不到牠？牠躲起來了嗎？」

小希沒回應徐堯，她焦急地翻找整個房間，再出去外面找，幾乎把整間屋子都掀開來，還是沒找到龍貓。

「怎麼辦，怎麼辦？艾密斯團長會怎麼責備我？老哈利要怎麼記起操作放映機？比華利大戲院的人又該怎麼辦？」

小希喃喃自語地拼命尋找，急得大汗淋漓。

徐堯看不過眼，讓小希停下，說：「別找了，去洗個澡後上學去，媽咪不希望你因為一隻寵物而缺課。」

「不，不！那不是寵物！那是很關鍵的人──」

「我知道你擔心牠有事，這樣吧，媽咪會繼續幫你留意。你呢，就安心去學校念書。等你放學回來，可能牠已經在籠子裏等你囉！不是有這樣的説法嗎？當我們越焦躁時，就越找不到想要的東西；而當我們完全不想找的時候，那東西就會自動出現在你面前。」

小希耐着性子聽完，心想：媽咪説得對，就算我再

怎麼着急也沒用。如果他跑出去了根本就不可能在屋子裏找到他，如果沒跑出去，等我回來他可能已經回到籠子裏……

於是小希照徐堯的話做，洗完澡，帶上立體書和平板電腦去學校。

＊　　　　＊　　　　＊

俊樂今天一反常態，天未亮就來到學校。結果進入課室時，竟然半個人影都沒有。他還是頭一回第一個進課室！

「哇！我破紀錄了！第一名！嘿嘿！」他沾沾自喜地走到自己的位子坐下。對於學業成績從未拿過第一名的他，對這特殊的「第一名」感到興奮不已。他就是這樣一個容易自我陶醉，又有點傻憨的男孩。

過了一會兒，同學們陸續進來，大家看到俊樂似乎都有點意外，因為俊樂平時總是上課鈴響前才到校。

俊樂不理會同學的異樣目光，直盯着小希的座位。他想起昨晚臨睡前小希給他的手機訊息：「我會想辦法勸服龍貓，請他幫忙尋找記憶蛋。」

「那龍貓這麼固執，小希真的有辦法勸服他？如果勸不服他，是不是沒辦法去找記憶蛋？這次的任務會不會像上次那樣『難如登天』呢？最近不知道怎麼搞的，有點想念變成黑狗的日子……其實我跟小希為什麼一定要幫艾密斯團長執行任務呢？我們又不是關鍵人物，等

小希來，我要問問她怎麼想。」

俊樂邊想邊等，等着等着，等到上課鈴快要響了，小希的座位還是沒人。

「小希怎麼那麼遲？」俊樂鬱悶地癱在椅子上，摸摸難得扁塌的肚子，發出痛苦的呻吟聲，「唉……肚子好餓……剛才趕着出門，來不及吃早餐，好餓啊……早知道就帶巧克力來學校，爸爸從荷蘭買給我的榛果巧克力還剩一盒在冰箱……」

一個三明治擺到他視線前方，俊樂立即彈了起來！

他看到好心「施捨」他三明治的人——祖銘。

「祖銘！」

「這是幫我做值日生的回禮。」祖銘説着，挨着俊樂坐下來。

祖銘和俊樂去年是同桌，今年是按照身高編排位子，長得與俊樂一樣高的他剛好又與俊樂同桌。

或許是同桌情誼，祖銘平時雖然總愛調侃俊樂、作弄俊樂，但開學第一天見到俊樂時，他顯然是開心的，更少有地與俊樂説了許多假期時發生的趣事。因此俊樂升上中二最高興的事之一，就是交到除了小希以外的同桌朋友——祖銘。

俊樂對於真心把他當朋友的人總是熱情過度，他霸佔着小希，要小希陪他做功課、逛街。但祖銘跟總是依從他的小希不同，祖銘吊兒郎當，還老是跟他唱反調。

俊樂不曉得怎麼向祖銘示好，當他知道祖銘放學後必須趕回家幫忙看顧父親的熟食檔時，他就自告奮勇替祖銘值日。

「哎呀！這麼客氣啊！」

「你不要是嗎？」

祖銘伸手要拿回三明治，俊樂馬上搶過去，撕開透明包裝大口咬了起來。

俊樂三兩口就吃完三明治，意猶未盡地說：「好像更餓了……」

「你再這樣吃，肯定變大肥仔！」

「大肥仔就大肥仔，這也不能怪我，誰讓我的胃這麼大呢？」

「你的胃是被撐大的。」祖銘搖搖頭，不想再和俊樂爭辯，「在我家，根本不可能有吃太多的事發生。」

「為什麼？」俊樂傻乎乎地問。

「我爸爸是賣雞飯的，通常賣不完的就我們自己吃。如果要你每天吃同樣的東西，你還會想吃那麼多嗎？」

「我很喜歡吃雞飯啊！不過要好吃的雞飯啦！」俊樂「文不對題」地答着，一副美食家的口吻說，「我對食物其實很挑剔，不好吃的我一口都不願吃。但只要是我喜歡吃的，媽咪一定會想辦法買給我吃。」

「你就好啦！我們家不像你們家那麼有錢，喜歡吃

什麼都可以吃，喜歡什麼都可以買給你。」

俊樂怕祖銘會「嫌棄」他家裏有錢，趕緊説：「我們家其實沒有什麼錢，很窮的！媽咪現在一個月最多只帶我去吃一次自助餐而已，還有，我不是什麼都可以買的！媽咪每次都限制我使用零用錢，又不准我買平板電腦，甚至連寵物也不給我養。」

祖銘歎口氣搖搖頭，俊樂跟他根本是兩個世界的人，完全無法比較。

「怎麼？你不相信我們家很窮嗎？」

祖銘懶得回應。

「好，找一天你來我家，到時你就知道我家真的很——嗯，有點窮。」

俊樂越説，祖銘反而越覺得俊樂在炫富，不悦地轉過頭去。

有時候他真是沒辦法喜歡這個同桌，雖然説俊樂為人其實不錯，被他作弄也不曉得回嘴，但俊樂有時會熱心過頭，又不懂得體察他人的感受，常説些不是出於惡意卻實際上刺痛人心的話，這讓祖銘很惱火。

祖銘正想開口罵俊樂「小狗」，看到俊樂對着他認真而笑眯眯的模樣，又發不了火。

祖銘懶得理會俊樂，便轉過頭趴在桌子上。昨天是初一，來父親檔口光顧的顧客超級多，他忙得不可開交。現在的他身心疲累，只想睡一頓好覺。

上課鈴聲響了，祖銘哀怨地發出一聲怪叫，他根本完全沒休息過呢。

俊樂的注意力還是放在小希那空蕩蕩的座位，他開始擔憂起來。

「小希今天怎麼那麼遲？難道她病了？」

正揣測間，小希匆匆忙忙地出現在門口，剛好與班主任前後腳踏進課室。俊樂礙於班主任已經進來，沒辦法詢問小希龍貓及執行任務的事。

好不容易挨到小息，俊樂立即衝去小希的位子，問道：「龍貓呢？你勸服龍貓了？」

小希臉上一陣紅一陣白，不曉得怎麼回應俊樂。

「龍貓現在在你家，對吧？」

小希皺着眉，想着怎麼跟俊樂說明。

「待會兒我們要去找記憶蛋，對嗎？去哪裏找？我現在已經不是失物之靈*，沒辦法感應到記憶蛋的位置。」俊樂說這話時，似乎很失落，「對了，你是不是知道哪裏可以找到記憶蛋了？我們等一下放學就馬上去你家帶龍貓——」

「不見了！」小希打斷俊樂的話。

「什麼？什麼不見？」

＊ 俊樂在《奇幻書界》第1集中變身為黑狗，真實身分乃失物之靈，能憑着本能找出人們失去的物件。

61

「龍貓……不見了。」小希難過地低下頭。

「嚇?」俊樂驚呼一聲,班上的同學全看過來了。

俊樂趕緊攤攤手,故作輕鬆地宣告:「沒事,沒事。哈哈!我剛剛打了自己一巴掌,然後一隻可憐的蚊子就死了!哈哈哈!」

同學們一向不太喜歡俊樂,對俊樂的「冷笑話」更是完全不買賬,大夥兒神色揶揄地瞅着俊樂與小希。

「去外面講吧。」小希低着頭走了出去,俊樂趕緊三步並作兩步跟上。

他們停在走廊角落,俊樂迫不及待地問道:「怎麼會不見?」

「不知道,昨天晚上我和龍貓看了《比華利大戲院》的第二頁,看完後他馬上睡着了。第二天我起身時,他就不見了。」

「什麼?」俊樂大驚小怪地驚呼。

小希以為俊樂要責怪她弄丟了龍貓,誰知他卻說:「你竟然不等我,就看立體書的第二頁?」

「唉!這不是重點,重點是龍貓不見了好嗎?」

「不,好朋友應該『有福同享』!」俊樂急起來又胡亂應用成語,「小希,我真是看錯你了!虧我一直把你當做最好的朋友!你應該要等我一起看的啊!」

俊樂不悅地搖頭晃腦,鼻孔連連噴氣。

「俊樂,你到底有沒有聽到我說什麼?龍貓不見

了！」小希強調道。

「為什麼不等我一起看呢？你明明知道我很緊張接下來發生什麼事⋯⋯下次一定要等我一起看⋯⋯好朋友不是應該一起看才有意思嗎？」俊樂還在碎碎念，完全沒聽進小希的話。

小希心底對沒看好龍貓的事內疚極了，因此當俊樂放錯重點，執着於一起看立體書時，她不耐煩地衝口而出：「現在最重要是找到龍貓！為什麼你每次都不能分辨輕重，先做好該做的事？況且，我並不是你最好的朋友！」

俊樂傻眼看着小希，怎也想不到小希會這麼說。

小希說出口後才發現自己似乎傷到俊樂了，趕忙說：「我的意思是，即使好朋友也不需要每件事都一起做，或者徵求對方的同意——」

「對不起，我真是沒有自知之明！怪不得大家都討厭我！說我是小狗！」

俊樂嚷着，氣呼呼地跑開去。

小希趕緊追過去，但她追了兩步就停下來。她知道現在跟俊樂解釋什麼都沒用，只會越描越黑。

「唉！為什麼我要這樣說？我明明知道俊樂把我當做唯一的好朋友⋯⋯ 」

小希覺得糟透了，為什麼事情會變成這樣呢？她大大地歎了口氣，垂頭喪氣地走回課室。

這時有個人從樓梯口走了出來，他是祖銘。小希和俊樂走出課室時，他也跟出來躲在樓梯間，因此聽到剛才他們的對話。他嘀咕道：「龍貓？」

6 因食結緣

那時天還未亮，龍貓打了個大大的呵欠睜開眼睛。接着，他發現了自己毛茸茸的身軀和「手腳」。

「唉，還是沒有變回人……這樣子被關在籠裏感覺真不好。」龍貓抬頭望向小希書桌旁的長方形窗戶，「窗外是什麼樣的世界呢？」

他已經許久沒有真正走出去，看看外面的世界。變成龍貓前的他，平日總是窩在舒服而孤獨的家。一向討厭與人接觸的他，居然少有地極欲探知世界，他焦躁地想：「真希望可以出去……」

龍貓皺起眉頭，盯着籠子的門栓，突然他憤怒地朝門栓衝撞過去！

「嗒」的一聲，門栓彈開了！由於衝力很大身子太輕，他翻了幾個筋斗才停下來。

龍貓萬萬想不到竟然這麼容易衝開門栓，他爬起身看看籠子，心想應該是那喚做小希的女孩沒拴好籠子，才讓他有機會逃出來。

「太好了！我現在真的很想高歌一曲，啊——」龍貓張大嘴巴，唧唧嗚嗚地叫了幾聲，接着腦海蹦出了一

句經典台詞：「After all, tomorrow is another day!」

這句台詞出自電影《亂世佳人》最後一場戲，是女主角對未來充滿了自信和希望而說的話。或許是昨晚看過的立體書讓他想起這段話，因此當他跳出窗口前，猶豫了一下。他想到小希、俊樂，還有立體書世界的人們，想到小希說他是拯救大戲院的「關鍵人物」。

「如果我就這麼逃出去，比什麼利大戲院的人該怎麼辦？」但他只是停頓了幾秒，就繼續從窗戶的夾縫拚命地鑽出去，「管他的！他們是死是活跟我一點兒關係都沒有，我有什麼義務要救他們？況且，我根本不曉得去哪兒找記憶蛋。」

好不容易鑽出窗戶，他站在窗台上望向外面遼闊的世界，難掩喜色。他深吸口氣往下一躍，頭也不回地竄了出去。

他跑了很久，一路上有差點兒被人類踩着或車子碾過的驚險，也有人被他嚇着而驚呼尖叫。

最後他累了，停在一處有很多樹木的地方休息一會兒。才喘了幾口氣，一陣鋸子的聲音響起，他驚慌得立即彈到樹上。

他剛在樹枝立定，便往下一望。一個戴着頭巾，臉上包裹得密不透風的人在樹底下提着個鋒利機器在揮舞！他嚇得趕緊攀向更高的枝丫！

幾分鐘過去，「矇面人」並沒有對他不利，而是繼

續喧囂而規律地舞動着鋒利機器。

他定下心來仔細觀察，才發現那「矇面人」原來是名割草工人。所謂的鋒利機器，只不過是台割草機啊！

「真會自己嚇自己。唉！是不是變成龍貓後，脾性也像龍貓一樣膽小了呢？」

待割草工人遠去，他尋找着適當的着力點，慢慢地一步步跳下來。來到樹根盤繞的底部，他四下張望，發愣了好一會兒。

「現在要做什麼呢？」才想着，腹部就傳出一陣怪響。

他懊惱地嘀咕道：「看來龍貓肚子餓的時候，肚子也一樣會打鼓。」

他想起以前還是人類時，每天守在屋子裏無所事事。睡醒睜開眼只想着吃東西，吃飽後坐在電視機前等肚子餓，終於等到吃午飯的時間，吃了午飯又等下午茶，如此輪迴不已，一直到晚上睡着後才停止對食物的念想。

「唉，為什麼人和動物都擺脱不了食物呢？」

懷着對食物的渴望，他重新踏上旅程。

他從潮濕的草地衝向洋灰道，再從洋灰道跑向瀝青路。他沒有目標地一路狂奔，通常會避開人流多的地方，朝人少的地方竄去。

就這樣跑着閃着，待他意會過來，已經身處城中某

個街區。

他停在一處香氣撲鼻、肉香四溢的食肆。確切的說，是他餓了，所以憑着靈敏的嗅覺，找到了這個食肆。

這兒真是天堂啊！龍貓不禁讚歎起來。

這裏人頭攢動，如果他貿貿然「現身」，很容易讓自己暴露於危險之中。但眼下他肚子實在太餓了，只想儘快填飽肚子，沒辦法顧忌太多。

「小心一些就是。」

他想着，目光掃向檔口林立的食肆，瞄準其中一家氣味特別誘人的檔口竄過去。

他迅速來到那家檔口的洗碗台下方，往四周探視。

檔口內有兩個人，一名男子正忙乎地用刀子切着食物，另一名女子則忙着招呼顧客，將男子準備好的食物送去給客人。看來這家檔口是男主內、女主外啊！

「趁他們忙碌，就是下手的最好時機！」

這時，他注意到男子手腳俐落地將部分切下的肉塊扔去一旁的小桶。

他緊盯小桶，雙目發光！

「天助我也！」他看準時機，匆匆跑過去，拼盡氣力爬上小桶……

「砰」的一響，他掉進桶裏了。他掙扎着爬起來，看到四周滿滿的「香肉」，驚呼：「生平第一次被香噴

噴的食物包圍，太——幸福了！」

他朝鼻子前方的肉塊一口咬下——哇！這肉怎麼這麼香？他大口唷咬着，陷入「瘋狂進食模式」。

他就這樣在幸福的食物海洋中大快朵頤一番。

飽餐後，他捂着大大的肚腩，滿足地倒在食物堆中呼呼睡去。

時近午餐時間，來檔口叫食物的人越來越多，兩位忙碌的主人一點兒都沒發現龍貓的存在。男子加快速度準備食物，並繼續將部分切好的肉塊丟進桶裏。

時間一點一滴過去，男子終於停下手來，累得滿頭大汗地坐在椅子上休息一會兒。

「餓了嗎？今天要吃什麼？」女子問道，順便將從顧客那兒收回的錢幣放進抽屜。

「隨便。對了，阿弟今天下午會過來嗎？」

「會啊！我有叫他過來幫忙。」

男子皺眉想了想，説：「最近生意開始有起色，一直叫他過來也不是辦法。」

「是啊！他今年讀中二了，功課好像很繁重。我看，不如請常去阿婷檔口幫忙的孩子過來幫點忙。我知道他愛吃我們家的雞飯，但平時送他吃又不願意。如果讓他幫頭幫尾，他應該吃得樂意。」

男子考慮了一下，點點頭道：「也好。那孩子很乖巧，應該能幫上忙。對了，阿弟幾點到這裏？」

說曹操，曹操就到。一名穿着中學校服的男孩從校車走下來，他來到檔口，馬上卸下書包，道：「媽，有什麼東西吃？好餓！」

女子快速地盛了一碟飯遞到男孩跟前，說：「哪！今天燒的雞特別好吃啊！」

男孩低呼：「又是雞飯！」

說這話的，正是俊樂的同桌——祖銘。「阿弟」是祖銘的小名，他的父母及小食中心的鄰里都習慣喚他阿弟。

祖銘垂下眼瞼，扁了扁嘴，無精打采地趴在小食中心的桌上。

「怎麼？你不是最愛吃爸爸煮的雞飯嗎？」

祖銘噘着嘴，沒有回話。他想起俊樂的話——「只要是我喜歡吃的，媽媽一定會想辦法買給我吃。」

他其實很羨慕俊樂能隨心所欲地吃喜歡的東西。

「你忘記小學時寫過的作文嗎？『我最喜歡的食物是爸爸煮的雞飯！爸爸煮的雞飯是天下第一好吃的食物』。」祖銘的母親以念作文的口吻說道。

「哎呀！以前的事不要再講了啦！而且，每天吃也會吃膩的啊！」祖銘的臉陡然一紅，他最怕母親說自己小時候的事。尤其在小食中心這樣的地方，一傳十、十傳百，不一會兒全天下人都知道了。

母親瞄了一眼坐在旁邊的父親，父親無可無不可的

70

樣子，似乎一點兒都不在意。

母親瞪着祖銘，道：「這麼不喜歡吃就不吃。我吃！你去買別的吃。」説罷從抽屜取出幾張錢幣，交到祖銘手上。

祖銘難得可以吃點別的，興高采烈地走開。不一會兒，他端着熱乎乎的雞排飯回來。

「還不一樣是雞？」母親沒好氣地説。

「不一樣啊！人家做的味道跟爸爸做的不同！」

「我吃吃看，這檔我還沒吃過呢！」父親這時過來舀了一大匙飯吃，接着又切了一大塊雞排，祖銘着急地怪叫：「吃那麼大口，我不是不夠吃嗎？」

父親不理會兒子的抗議，將大片雞排送進口裏，然後細嚼慢嚥地品味着口裏的雞排，説：「嗯，不錯，不錯，雞肉很入味。不過，沒有我做的好吃！哈哈！」

祖銘的父親是位性格爽朗的小販，他在這小食中心雖然只營業一年，卻已有相當多的定期顧客。顧客們吃的不只是他的食物，更多是因為他的用心和開朗。

「還不快點吃？等一下客人多的時候，想吃也吃不了。」父親囑咐道。

祖銘想起上一回來不及吃飯就遇到人潮湧動，挨至晚上八點過後才有空吃飯的悲慘經歷，趕緊三口並兩口地扒飯，一會兒光景就把雞排飯吃個精光。

「阿弟，趁現在沒什麼客人，把那些吃的拿給

他。」

祖銘抹抹嘴巴，過去提起小桶，走向小食中心後方。

身在小桶內的龍貓並未察覺自己被人「提」走了，只覺得搖搖晃晃的，非常舒服，做着被人抬在轎子中打瞌睡的美夢呢！

小食中心後方是一排舊屋，整排舊屋大約有十來間，但有人居住的大概只有三、四間，其他大多死氣沉沉、大門深鎖。還有一間是敞開式的建築，門口和牆沿布滿各種熟悉又説不出名字的爬藤植物。

祖銘停在這特殊的敞開式建築，往四周查探確定沒有人，便快步走進屋裏。進屋後是個空蕩蕩的大廳，大廳四周的牆壁依舊層層疊疊地爬滿了植物，就像天然的植物房子。祖銘壓低聲量喊道：「永哥！」

才喊完，一名看起來像是流浪漢，全身髒兮兮的男子探頭探腦地從屋子右側的過道走出來，手裏有個缺了一角、描了藍邊的舊式大瓷碗。

祖銘鬼祟地走向永哥，似乎很怕被人瞧見。

他將小桶靠向大瓷碗，反過來一倒，立時有個圓滾滾的東西「噗」地掉了出來。原來在裏頭睡得迷迷糊糊的龍貓順勢溜出來了！

祖銘和永哥看着眼前的肉球，疑惑地對看一眼，還未出聲，龍貓就噼裏啪啦地亂竄一通，整身黏滿肉汁的

油膩都被牆上的爬藤草蹭掉了！

蹭了好一會兒，龍貓停下來，傻乎乎地瞪着眼前的祖銘和永哥。永哥問：「這⋯⋯是可以吃的嗎？」

龍貓一聽大驚，以為要成為永哥的腹中之物，急得亂喊亂叫，盲目地飛馳逃竄！

祖銘急忙説：「不，不，不！這不是吃的，永哥你不是愛吃雞屁股和雞頸項嗎？爸爸説以後這些不能賣給顧客的，都給你吃。」

龍貓雖然竄得飛快，但還是能聽見祖銘的回話，他停了下來，質問道：「原來我剛才吃的都是雞屁股和雞頸項！誰讓你們給我吃這些東西的？我平時最不喜歡吃這些東西！這些高膽固醇高油脂食物非常不健康，對老人家身體不好！」

祖銘和永哥當然聽不懂龍貓咄咄逼人的質問，兩人目瞪口呆地愣在那兒。

就在這時，門外有道聲響。永哥趕緊拉了祖銘躲去走道後方的隱秘隔間，但他馬上發現小桶漏了在客廳，緊張兮兮地衝出來將小桶提走。

大門開啟了，反應慢半拍的龍貓只好竄去角落躲起來。幸好他體形不大，顏色也是不亮眼的灰，在整片綠色植物隱蔽下，應該不易被發現。

一位穿着得體的男子領着一對中年男女進來。中年男女環顧四周，邊走邊看，女的皺起眉，搖頭道：「太

殘舊了，還有股怪味兒。裝修起來不划算，不如重蓋房子。」

穿着得體的男子趕緊游説道：「現在不都流行古宅翻修嗎？老房子住起來才更有味道、更令人安心。如果你怕花太多錢，我認識幾個設計師和裝修師傅，可以給你合理的價錢……」

龍貓聽了一會兒，想道：「原來是來看房子的，這房子這麼破敗殘缺，換我也不樂意買啊！」

中年男女看來對這屋子不是很歡喜，購買的意欲不大，稍微逗留一會兒就出去了。

他們離開後，祖銘和永哥走了出來。

「幸好他們沒有去後面看，不然我們一定會被發現的。」祖銘心有餘悸地説。

「嗯。」永哥似乎很惆悵，頭垂下來。

「如果被發現了，永哥你是不是沒有地方住了？」

永哥沒回話，只是雙目迷濛地望向綠色天井。

所謂「綠色天井」，其實是屋頂破了個洞形成的景觀。或許是這洞口讓風流竄進來，加上陽光曝曬和雨水滋潤，植物繁衍得特別旺盛，形成了這綠色房屋。

「反正這屋子這麼破舊，根本沒有人要買，為什麼不能讓你住呢？你又不會弄壞他們的屋子，而且也沒有開燈花他們的電費。」

「不行的，人類就是這樣。即使屋子丟空一百年，

也不願意給像我這樣無家可歸的流浪漢住……」永哥說着，神情黯淡下來，但他馬上打起精神，自我揶揄道，「不過，如果屋主願意的話他就慘了，可能會引來一大堆像我這樣的流浪漢來住呢！」

祖銘想了想，說：「也對。這裏不是收容所，沒辦法收留那麼多無家可歸的人……」

永哥拍拍祖銘的肩膀，道：「別擔心，我自己會想辦法的。」

「唉！可惜我們家也是租來的，不能讓你住。」

永哥望向那看起來一身市井氣息，時常露出吊兒郎當的樣子，實則心軟又同情心氾濫的祖銘。他憶起那一天……

當時的他餓得兩眼昏花，又淋了整天的雨，身體虛弱不堪。他憑着本能來到小食中心，差點兒暈死過去。幸虧祖銘的父親請他吃了一碟香噴噴的雞飯，加上一碗熱湯，他才有了活過來的感覺。

這廢棄老屋也是祖銘的父親帶他過來的，算是幫永哥暫時解決了居住問題。這兒雖殘舊，但至少有瓦遮頂，毋須忍受日曬雨淋，也不用睡在街邊或店門外時常擔憂遭人驅趕。況且，他越住越覺得這兒舒適，滿牆滿地的爬藤植物，綠草茵茵，充滿了生氣，還有壁虎與蟲子等小動物為伴。下雨時，雨水從「綠色天井」落下，有時嘩啦嘩啦，有時淅瀝淅瀝，有時滴滴答答，煞是好

聽。正午時分陽光猛烈曝曬，看着天井透下的移動光柱，他可以不必顧忌他人目光，盡情徜徉、沐浴於溫熱的陽光下。夜晚微涼時，他有一張薄被暖身，月光映照下的暗影與動植物像一齣想像力豐富的瑰麗影片，填滿他空洞的思緒。

他有種奇妙的想法，彷彿屋子也隨着藤蔓在悄悄生長。每天，屋子都有些微不同的面貌。每天，都有嫩綠枝丫意想不到地冒出頭來。這一切，讓他乾枯無感的心有了久違的律動。

「你們已經幫我太多了，謝謝你們。」

永哥扯了扯嘴角，想笑卻笑不出來。或許是他太久沒笑了，不習慣擺出笑這種臉部表情。

龍貓看到永哥牽動嘴角的表情，似曾相識。他沉思着，突然記起來了，那是他還是人類時在鏡中的影像。

龍貓心想：「他到底經歷過什麼事？他應該也跟我一樣，是個有許多故事的人吧？」

這時永哥舒口氣，望向牆角那被植物遮蔽後還露出個圓圓大肚腩的龍貓。

「嘿，你是要來跟我作伴的嗎？」

龍貓機警地盯着永哥。

「你很怕人吧？」

龍貓遲疑一下跳了出來，晃晃頭，又點點頭。他其實不想跟永哥作伴，但他的確是怕人。或者說，他向來

都不喜歡與人接觸。

「呵呵，這龍貓真有意思，好像聽懂人話。」

「龍——貓？」祖銘重複道，望向個頭嬌小，叫貓卻完全不像貓的「龍貓」。

「嗯，我以前在寵物店見過，龍貓是比倉鼠大一些的鼠類，好像不難養，很多人喜歡養牠們。」

「龍貓……」祖銘端詳着龍貓，似乎對他很感興趣，「真巧，我朋友今天才提到龍貓。」

「哦？你朋友有養龍貓？」永哥問。

祖銘聳聳肩，說：「應該是吧，不過他們的龍貓好像不見了。」

「不見了？」永哥望向龍貓，狐疑地摸摸鼻子道，「不會就是這隻吧？」

「不會啦！哪有這麼巧的事？」祖銘咧開嘴笑起來。

「那你想不想養牠？」

「養牠？」

祖銘瞪大眼睛，他從未想過養寵物。功課和父親檔口的事讓他忙得睡眠不足，哪還有精力養寵物？可是當他望向地上那模樣傻憨的龍貓時，嘴角卻自然地漾出一抹微笑。

「想！」他點頭道。

永哥冷不防將龍貓從頸背一把抓了起來，龍貓掙扎

不休，奈何無法掙脫。

「這招頸背擒拿法果然厲害，哼！看吧！我一定會想辦法破解！」龍貓不甘心地想，四肢不斷揮舞着。

「你就乖乖跟阿弟回去吧！」永哥説。

龍貓當然不肯，大叫道：「我才不要！好不容易從籠子裏逃出來——」

「他會給你很多好吃的食物！」

龍貓一聽到很多好吃的食物，驟然停止了掙扎。

「吃」果然是他的死穴，他最受不得餓肚子了！在變身為龍貓前，他最大的樂趣就是吃東西（應該説是唯一的樂趣）。通常他會自己煮，懶得煮的時候就到便利店買來吃。

雖然他是個孤僻又零存款的老人，但並不愁吃。每個月領取的退休金，足夠他日常的簡單開銷和飲食。

為了確保有食物果腹，龍貓勉為其難地跳進油膩膩的小桶內，隨祖銘離去。

7 豬鼻子口罩

放學的鐘聲響起，不一會兒，一大羣學生湧出校門，空氣中充滿紊亂的車聲與喧鬧聲。

小希垂頭喪氣地走出校門口。

她今天走得很慢，腳步顯得特別沉重。她剛才打電話回家，得知龍貓並沒有出人意料地突然現身，心中滿是惆悵。

她抬起頭，瞄到俊樂就走在她前頭不遠處，她沒有追過去。

她家和俊樂家距離很近，因此平時放學後總會「不小心」碰見，然後兩人一塊兒結伴回家。但今天她對俊樂説了很難聽的話，她不敢面對他，又擔心俊樂還在生氣。

他們倆就這般一前一後地，走向回家的路。

來到小希家前方的小公園時，艾密斯團長突如其來地從某棵樹後閃出來，嚇了俊樂一大跳！

小希看着被嚇得跌坐於長椅上的俊樂，趕緊跑過去。

「艾密斯團長！你可不可以不要每次都這樣出場？

要不是這長椅，我已經摔到地上了！」俊樂扁嘴抗議道。

「我也不想的，但時空縫隙開啟的時間有時很緊迫，我有處理不完的事，而且還要擔心亞肯德大公爵來找你們。有伊諾這名具備『後見』能力的隨從，亞肯德

大公爵應該早就知道龍貓的事了！」

「龍貓──」俊樂原本想說龍貓不見了，但他看了看小希，沒說出口。

「對了，你們是不是已經勸服龍貓了？」艾密斯團長問。

「哦……差不多答應了，可……」小希支支吾吾地說。

「那就好，時間真的很緊迫。就在剛才，智慧長者桑納西絲託人交來了下一個任務。」艾密斯團長說著，從懷裏取出一張牛皮紙交到小希手上。

小希忙問：「記憶蛋還沒找到，第二個任務這麼快就來了？」

「是啊！智慧長者無所不知。這一次亞肯德大公爵施行的法術很棘手，我想桑納西絲有可能預知到你們進行第一項任務會有困難。」

小希心虛地低下頭，說：「其實……我們的確有困難……」

艾密斯團長狐疑地瞪大了眼。

小希覺得不能繼續欺瞞艾密斯團長，她豁出去了，大聲直說：「龍貓不見了！」

艾密斯團長這回張大了嘴，他萬萬想不到小希會弄丟龍貓。

「龍貓不是關在籠子裏嗎？怎麼會不見？」

「籠門被撞壞了，他逃了出去。」

小希羞愧地低着頭，不曉得團長會怎麼責備她，哪知艾密斯團長反而笑了起來，説：「每件事情的發生都有它的原因和機緣，我相信事情會有意想不到的解決方式。」

「龍貓不見了，怎麼解決？」小希還是很自責。

「別擔心太多，擔心並不能解決問題。」

「擔心不能解決問題，那要怎麼辦？」

「做我們能做的事吧！」

「我們能做什麼？」俊樂不明所以地問。

「還能是什麼？任務啊！」艾密斯團長説着，提醒小希看看手中的任務是什麼。

小希將艾密斯團長交給她的牛皮紙打開來，上面寫着：門房的豬鼻子口罩。

「什麼是豬鼻子口罩？門房又是誰啊？」俊樂好奇得眉頭都快打結了。

「沒有了龍貓，我們還能夠完成任務嗎？」小希思考着，摸摸下巴，她還是很在意龍貓不見的事。

艾密斯團長拍拍小希和俊樂的肩膀，説：「要相信自己！即使你不是關鍵人物，還是有你的作用和位置。」

此時，一陣清亮的樂音從艾密斯團長懷裏傳出，他趕緊取出懷裏的鬧鈴狀物體，把樂聲按停。

「你們不知道，自從我的馬戲團步入軌道，我就兼職當起傳送各個空間訊息的傳訊人，哎喲！每天要做的事一大堆，忙死了！所以，暫時只能說到這兒，得去送信了！你們加油啦！」艾密斯團長朝他們眨眨眼，急急走向樹後方的旋渦狀雲霧，那雲霧正是時空縫隙。

「艾密斯團長，你還沒告訴我們怎麼去找記憶蛋和豬鼻子口罩呢！」小希着急問道。

艾密斯團長指指腦袋，説：「自己想想，你們可以做到的！」

「不，不！有件事你一定要告訴我們，胖子大公爵到底施了什麼法術？為什麼戲院觀眾會集體説謊呢？」小希急促問道。她一直記得龍貓叮囑她要問清楚艾密斯團長這件事，否則即使找回龍貓，他也不會願意幫忙執行任務啊！

「那是一種特殊的顛倒術！可以讓原本喜歡的變成不喜歡，厲害的變得不厲害，原本熱衷的變得散漫……得喚醒他們原來的感受……」

艾密斯團長回話的時候已竄進時空縫隙中，隨着旋渦變小，團長的聲音越來越細，最後完全聽不見了。

「顛倒術？有這樣的幻術？」小希嘀咕着。

「我看過一部電影，説的是顛倒過來的世界。但想不到還有顛倒過來的幻術……」俊樂附和着説。

小希與俊樂這時互相對看一眼，又急急轉過頭。

83

「對不起，俊樂，我對你說了很不好的話——」

小希未說完，俊樂打岔道：「快看看立體書的第三頁是什麼！到底什麼是門房的豬鼻子口罩？這任務也太奇怪了。」

小希的道歉就此打住，她看看俊樂，俊樂的表情告訴她，他已經完全忘了今早發生的事。小希覺得俊樂這種氣得快忘得也快的個性，真是他的一大優點呢！

小希鬆了口氣，從背包取出《比華利大戲院》立體書。

她翻到第三跨頁，一個戲院入口及通道場景映入眼簾，觀眾們在經過檢票口時有隻漂亮的鬈毛狗兒負責把關。

「好可愛啊！難道這就是門房？」

「看起來是。」

「我看過這種狗兒，是雪納瑞犬！」俊樂說。

「雪納瑞犬？長得好像『老人』。瞧，狗狗嘴邊的毛這麼長，而且白白的，是不是很像鬍鬚？」

圖中的小型雪納瑞犬鬍子長長的垂下，果然很像老人長長的鬍鬚。

俊樂頻頻點頭贊同，隨即皺着眉頭說：「這麼長的鬍鬚，要怎麼吃東西呢？」

俊樂生平最擔心的，就是沒辦法好好吃東西這回事了。

「居然有長相這麼特別的狗兒！你看，牠眼睛上方那兩撮白色毛髮多像眉毛垂下的老人。這種狗兒簡直就是天生的『老人家』！」小希搖搖頭，不可置信地說。

小希把視線移到左下方的文字，念道：「戲院裏有個專業的門房——雪兒。雪兒是隻聰明的小狗，她負責檢測每位進場觀賞影片的觀眾，毋須搜身即能知道每位觀眾有沒有持票進場。別看牠個頭小，本事可大了！除了能分辨沒有持票混進戲院的觀眾，還能憑着靈敏的嗅覺，揪出罪犯呢！」

「哇！原來這隻雪納瑞是偵探狗！居然能找出罪犯？」俊樂讚歎道。

「真的有這麼神通廣大的狗？犯人也能找出來？」小希質疑地摸摸下巴作思考狀。

這時俊樂注意到這頁場景的異樣，喊道：「小希你看！這人戴着墨鏡，腰間竟然有一把槍！」

小希往俊樂所指的方向望去，果然發現一位穿着偌大風衣的男子，他的風衣往後飄揚，露出了半截手槍！

小希急急望向雪兒，此時的雪兒竟然完全沒有察覺藏槍男子，牠檢查着路過戲院關卡的羣眾，連羣眾中有人把票掉在地上也沒發現。

「糟了！艾密斯團長不是說比華利大戲院的人都被施行了特殊的顛倒術嗎？雪兒一定也中招了，所以牠原本靈敏的鼻子現在變成遲鈍的鼻子了！」

「那怎麼辦？這人帶着槍，很可能是罪犯，他進戲院做什麼呢？」俊樂擔憂地問。

「戲院有時候是罪案的溫牀，這兒人羣湧動，最容易躲避警方的追緝，而且也是非法交易的極佳場所。」小希皺着眉説，「要是不喚醒雪兒的靈敏嗅覺，讓罪犯溜進戲院，犯人可能就此逃之夭夭，甚至在戲院裏犯案而殃及無辜……」

「不行！絕對不能讓犯人進去戲院！戲院是讓人看電影的地方，不是窩藏犯人的地方！」俊樂不忿地説。

「門房的豬鼻子口罩！」小希篤定地説，「我們要儘快找到豬鼻子口罩！這一定是喚醒雪兒嗅覺的關鍵東西！」

「對，我們一定要快點找到豬鼻子口罩！喚醒雪兒的嗅覺！」

兩人説完，急匆匆出發「執行任務」去了。

*　　　　*　　　　*

烈陽當空。最近因為厄爾尼諾現象影響，國內某些地區因炎熱乾旱造成山火，天氣顯得特別酷熱。

此時的小希正拿着平板電腦找尋雜貨店的路線，俊樂滿頭大汗地跟在小希身後，氣喘吁吁地追上去，問道：「小希，我又熱又累又渴，可不可以暫停一下，去涼快涼快？」

小希知道俊樂又想溜去便利店，吹冷氣喝冷飲了。

「你剛剛不是才去吃了榴槤冰棒嗎？」

「那根本不能降溫！現在這天氣，我看啊，至少有四十度！我快熱死了，再不喝點冰凍的東西，會變滾燙的乾屍！」

「不行！時間不多，我們才去了幾間雜貨店？你說說！」

「嗯……」俊樂邊回想邊屈指數算，「街頭一間，還有媽咪常去買菜的那間……一共四間。」

「那你說，我們居住的小鎮，有多少間雜貨店？」

「唉，我怎麼知道？我又不是城市規劃師。」

「不用城市規劃師也能大概知道，比如說一個街區至少有兩間雜貨店，我們這兒總共有九個街區。你說，有多少間雜貨店？」

「嗯……一九得九，二九一十八……」俊樂不肯定地說，「至少有十八……間？」

「對。那如果每個街區至少有一間便利店，三個街區有一個小型超市，共有多少間？」

「哦……每個街區……加九……再加……哎呀！我不會數啦！你知道我數學最差了！」俊樂抓狂地撓頭。

「至少有三十間，這還未加上大型超市、公寓內的販賣部——」

「停！我知道了，我不休息就是。」俊樂投降了，乖乖地說，「下一間雜貨店在哪裏？」

小希拿出平板電腦。她在平板電腦上儲存了小鎮地圖，並在有雜貨店的地方標注了星號。她查看到附近正好有個星號，説：「就在前面轉角處。」

　　俊樂悻悻然地跟着小希走向前去。

　　他們的首要任務是找出「記憶蛋」，所謂記憶蛋雖然不知道是什麼樣的蛋，但一定是在有蛋出現的地方，而有蛋的地方當然是雜貨店或超市等地方了。因此，小希和俊樂就朝這個方向搜尋。

　　兩人走進一間又一間雜貨店，尋找到置放雞蛋的地方，檢查一番，沒有特別異樣又急忙走出去，如此這般重複多次，像不斷重放的荒謬影片。

　　時近傍晚七點，兩人走了接近整整四個小時，不但沒有將全部雜貨店走完，也找不到任何有關記憶蛋的線索。

　　「明天繼續吧！」小希對俊樂説，「今天到此為止，得回家吃飯了！」

　　俊樂如獲大赦，歡呼道：「呀呼！終於可以回家吃飯了！」

　　小希搖搖頭，嘴角微微上彎笑了，心想：「俊樂這貪吃鬼老是記掛着吃。」

　　「小希，我們快回家吧！啊，對了，我爸爸今天從意大利回來，他答應我會帶一整箱彩虹pocky餅乾棒給我呢！你先來我家，我分一半給你。」

「不，不。我吃不了那麼多，給我一盒就夠了。」

「一盒真的夠？」

小希點點頭。她對零食並沒有特別喜愛，尤其是很甜的零嘴。不過為了不讓俊樂失望，她認為至少必須收下一盒。

兩人打道回俊樂家，小希收下俊樂給她的彩虹pocky餅乾棒，就自個兒回家去了。

小希回到家，到廚房弄熱飯菜，吃完後走去母親徐堯的工作室敲敲門。

「媽咪，飯菜弄熱了，要趁熱吃。」

「哦，知道了。」

徐堯抬起頭來，招手讓小希過去，問道：「沒找到龍貓，是不是很失望？」

小希點點頭，一臉喪氣。徐堯將小希抱進懷裏，說：「改天媽咪買一隻給你，牠一定是去了自己喜歡的地方。別想太多，知道嗎？」

小希沒有向母親多加解釋，說：「嗯，我明白。就像爸爸突然離開了一樣，他也是去了自己喜歡的地方。」

徐堯欣慰地摸摸小希的頭，與小希親昵地頭碰頭，說：「媽咪最疼你了，你知道的。」

小希乖巧地點點頭，在母親臉頰親了一下，說：「我去洗澡了。」

小希出去後，徐堯望向擺在工作枱角落的全家福合照。那時候的小希還是個小娃兒，被父親抱在懷裏。她想了想，喃喃自語道：「雖然你很早就離開我們，但我們過得很好⋯⋯」

　　徐堯說着，眉頭卻皺了起來。

　　「我是在哪兒遇見小希她爸爸呢？」她幾乎對自己的丈夫完全沒印象。

　　徐堯困惑地想了幾秒，然後就放棄了。

　　「呵，那麼久的事，忘記也是情有可原吧？常說人腦會自動折疊，把新的資訊取代舊的。一定是我想太多了，記憶體沒辦法承受才會忘掉以前的事。」

　　徐堯不再執着遺忘了小希父親的事，繼續埋頭工作。

8 垃圾山的幫派狗

　　隔天，小希與俊樂放學後繼續昨日未完成的尋找「記憶蛋」任務。

　　截至昨晚七時前，他們一共找了十五間雜貨店，所以他們今天的目標是把剩下的其餘十五間雜貨店都找完。

　　尋找的時間特別慢，小希與俊樂走着、走着，到了傍晚時分終於走完小鎮全部雜貨店。可惜，他們還是沒能找出關於記憶蛋的任何線索。

　　俊樂趴在一家便利店茶飲區的桌上，全身乏力地說：「小希，你説我們是不是找錯方向了？這一帶的雜貨店都給我們找遍了，還是沒有任何頭緒。」

　　小希也兩眼失焦地望着窗外，意興闌珊地説：「唉！如果龍貓在就好了。他是關鍵人物，一定知道些什麼。」

　　「要找到龍貓更難，根本就人海茫茫。」

　　小希愣了一下，説：「你是要説大海撈針吧？」

　　俊樂無所謂地笑了笑，説：「對，對。就是大海撈針，根本不可能找到龍貓。」

空氣陷入膠着，像有幾層烏雲厚厚地疊在他們頭上。

「現在怎麼辦？」

「艾密斯團長不是説了嗎？沒有龍貓我們也可以執行任務。」

「問題是我們根本不懂記憶蛋到底是什麼，要怎麼找？」

「我也不知道。繼續找便利店和超市？」

「不是吧？感覺像瞎子摸象，很難找到真相呢！」俊樂這回的比喻總算對了。

「那你有其他提議？」

俊樂歪着腦袋痴痴望着店內的沙冰機，然後説：「其實我們為什麼要幫艾密斯團長執行任務？還有，為什麼要我們幫忙拯救立體書世界的人呢？」

小希從來沒想過這個問題。

之前因為俊樂變成了黑狗，她和俊樂無可奈何地被迫捲進了拯救立體書世界的事，但如今俊樂和她好像都沒有非做不可的理由。

「嗯，不知道為什麼，我就是想做好艾密斯團長讓我們幫忙的事……」小希望向俊樂，「你是不是不想幫他？」

「我也不知道。不做也不好，但做的話感覺有點怪怪的，好像不關我們的事，卻只有我們在忙個不停。」

　　小希覺得俊樂的話好像很對，但就是覺得哪裏不對勁。

　　「我總覺得這些事必須我們做才行。」

　　「為什麼一定要我們做？」

　　「我也説不上來，就覺得應該做。」

　　「應該？」

　　「對。應該。」小希頓了頓，説，「有些事可能不關我們的事，但基於正義，我們必須做。」

　　「正義？哇，好像英雄人物啊！」俊樂咧開嘴笑了，接着又傻乎乎地問道，「可是那不是只有電影裏頭才有的事嗎？」

　　「不是那種英雄人物的正義，而是……」小希斟酌着，説，「小人物的正義？」

　　「小人物的正義？我們是小人物？不明白？」

　　「呵，其實我也不懂，就覺得去做就是了。而且，我不知道為什麼有一種感覺。」

　　「什麼感覺？」俊樂好奇地問。

　　「一種……這件事跟我們息息相關的感覺。」

　　俊樂抓頭狀，他被小希的話越弄越糊塗了。

　　「算了，想這些也沒用。離晚飯還有一點時間，我們繼續找吧！」

　　「啊？不是吧？我真的餓得走不動了！不如我們先吃點東西？」

小希什麼也沒說，只瞪了俊樂一眼，俊樂唯有慘兮兮地跟着小希走出便利店。

　　臨走前俊樂抵受不住誘惑，倒回去便利店買了兩個香噴噴的熱狗，準備墊一墊空空的肚腹。

　　「小希，你也吃一個吧——」

　　話未說完，俊樂手上的兩個熱狗竟不翼而飛！

　　下一秒他醒覺過來，發現「熱狗賊」的蹤影，急忙大叫道：「我的熱狗！別跑！」

　　俊樂追向熱狗賊，小希也立即追去。

　　熱狗賊很狡猾，東鑽西竄，很快就將他們拋得遠遠的。

　　俊樂停下來喘氣，氣呼呼地罵道：「哼，給我抓到烤了你，你就真的是『熱狗』了！」

　　「偷熱狗的是狗？」小希問。

　　「是啊！看牠腿短短的，真想不到跑得那麼快！哼！」

　　「呵呵，狗當然跑得比人快。算了，我們別管熱狗了，做正事要緊。」

　　「不，不，不！我的熱狗！」俊樂哀嚎。

　　「明天我請你吃，OK？」

　　俊樂心不甘情不願地跟着小希離開，但這時那熱狗賊竟露出身影，俊樂趕緊拔腿追去。

　　「咦，俊樂？俊樂！」

　　小希發現俊樂在路的另一方追着狗兒，只好勉為其難地跟過去。

　　兩人追着短腿狗兒追了好一會兒，輾轉地穿過街區和沙地、廢棄工地，待他們停下來時，才發現置身於一處荒蕪凌亂、怪味頻傳的地方。

　　俊樂這時才感到害怕，靠向小希説：「這是哪裏？」

　　小希左顧右盼，道：「不知道……」

　　兩人邁步向前，視察四周景象，想找出一條通去外頭的路。可惜周遭來來去去只有成堆的廢棄物，有大型廢物如冰櫃、舊沙發、電器，也有塑料、罐子，但更多的是臭氣熏天的腐爛餿物。

　　「這裏這麼臭，垃圾堆積如山。不會就是傳説中的垃圾山吧？」俊樂捏着鼻子問。

　　小希也忍不住遮掩鼻子，點點頭説：「有可能。我上回讀報時讀到垃圾山就在我們小鎮的東南邊。也許我們顧着追那熱狗賊，追到垃圾山來了。」

　　「不追熱狗賊了，我們回去吧！」

　　「我也想回，可是，怎麼回？」

　　兩人放眼望去，四面八方都是垃圾堆，根本無法分辨哪兒才是出口。

　　俊樂從背包取出手機，按了幾下，熒幕一片暗黑。他趕緊對小希説：「小希，快打電話聯繫你媽咪──」

「我只帶了平板電腦出來。而且你知道，我的平板電腦沒有sim卡，沒辦法打電話。」

「你沒有手機，我的手機又沒電。完了，完了！我這次肯定餓死！」

俊樂悻悻然將手機放回背包，接着瞄了一下周圍，畏懼地說：「小希……天那麼暗，如果無法走出去，我們豈不是得在垃圾堆裏過夜？」

小希面有難色，她參加過幾次野外營，整晚在森林或河邊露營，但就是不曾在垃圾堆中過夜。

俊樂疑神疑鬼地說：「怎麼辦？這裏會不會有野獸或者毒蟲出沒？」

小希顧盼四周，放開遮掩口鼻的手，喊了起來：「狗兒！狗兒！你在哪兒？」

「你找那熱狗賊做什麼？」

小希沒理會俊樂，繼續叫道：「狗兒！你出來！我知道你就在附近。狗兒——」呼喊間，狗兒竄了出來。

不，正確地說，應該是一大羣狗兒同時竄了出來。

俊樂注意到這些狗兒分成幾羣，每一羣都跟着一隻領頭犬。

「小希！這些狗兒怎麼來勢洶湧……」俊樂情急之下說錯成語了。

「是來勢洶洶。」小希忍不住糾正他。

「嗯，牠們來勢洶洶，好像把我們當敵人了。」

俊樂看進狗兒的眼底，縮起了身子緊靠小希。

俊樂曾經與一大羣流浪狗為伍，照理說對流浪狗的脾性很熟悉，不至於害怕牠們。但此刻他們面對的與其說是流浪狗，不如說是佔據垃圾堆，以垃圾堆為生的「幫派狗」。

「牠們不像我之前遇過的流浪狗，而像成羣結黨的幫派狗。」

「幫派狗？」

「幫派之間不都只聽命於各自的首領嗎？這些狗兒看起來也是這樣。雖然集體行動，但只聽牠們自己幫派首領的話。你看，那邊一堆都跟在那頭灰色長毛犬後邊，我右邊的都跟在左眼受傷的狗兒後面，還有——」

「我知道了。牠們像幫派那樣，各狗羣有自己的領袖。那這裏……」小希掃視一遍狗羣，道，「應該有四個幫派。」

「嗯，我猜每個幫派佔據垃圾山的某一部分，有各自的地盤。可是，既然各有派別，井水不犯河水，應該不會插手管其他幫派的事啊！」

「你是說我們觸怒了全部派別的狗羣？」

「我們現在站着的地方應該只屬於其中一個狗羣的地盤，但現在全部狗羣都過來了。你不覺得奇怪嗎？」

俊樂想不透為何各自為政的幫派狗全部湧向他們，惟現在並不是猜測這些的時候。

　　狗兒們虎視眈眈地圍攏向小希
和俊樂，齜牙咧嘴的，似乎對他們
這兩位入侵者充滿敵意。一
般來說，人們遇見一隻對人
類充滿敵意的野狗還有機會
擊退牠。但面對一大羣兇惡

的野狗，而且還是兩位手無縛雞之力的少年，後果真的令人堪憂。

「怎麼辦，小希？牠們不會以為我們要來搶走全部地盤吧？如果牠們一起進攻，我們⋯⋯必死無疑啊！」

「俊樂，你不是會跟狗兒溝通嗎？你快跟牠們溝通，説我們沒有惡意，更不會搶走牠們的地盤，我們只想出去。」

第一次面對這麼多兇神惡煞的野狗，小希懼怕得臉色慘白，牙齒竟打起顫來。

「可是要找哪一隻『老大』溝通？牠們又不像流浪狗那樣，聽命於城皇*一個首領。」

「現在形勢緊急，你就隨便找一個『老大』溝通吧！」小希往後退去，一個踉蹌，險些跌倒，幸好俊樂及時扶住了她。

俊樂感歎道：「我現在已不是黑狗，怎麼跟牠們溝通？而且，牠們渾身上下充滿戾氣，好像跟我們有深仇大恨，不知道是不是之前被人類虐待或欺負……」

「你説我們現在逃跑，有機會逃掉嗎？」

小希明知道人類決計跑不過狗兒，還是問了俊樂。

「不能跑。我聽説只要人一跑，野狗就肯定會追過來咬人。」

「那我們怎麼辦？不跑，難道在這裏等死？」小希説着，下意識地把背包取下來準備逃跑。

説時遲那時快，其中一隻領頭犬撲向他們，小希情急之下拿起背包擋駕，咬着了背包底部的狗兒氣憤地鬆

---

* 城皇是《奇幻書界》第1集中的流浪狗首領。

100

開嘴，轉而朝小希的手臂咬去⋯⋯

俊樂一個箭步衝上前，以他尚算健壯的血肉之軀撞向那領頭犬，領頭犬應聲倒地，但馬上彈了起來。牠體態靈活而壯實，應該是日積月累的生活歷練造就成靈敏的反應與體魄。被這樣的狗兒纏上，估計不被咬的機率等於零吧？

見到那領頭犬倒下，其他狗兒一湧而上。小希與俊樂被逼至垃圾堆前，無路可退。眼看小希與俊樂馬上就要成為野狗利齒下的羔羊，在此千鈞一髮之際，空氣中傳來一聲嗷叫！

那嗷叫聲幽怨而凄苦，透出一股悲涼，讓人不禁豎起了毛髮。

眾狗兒停止了攻擊，往同一個方向望去。

「誰在叫？」俊樂問。

小希聳聳肩，道：「聲音很稚嫩，像是頭年幼的狗兒。」

嗷叫聲又傳來，斷斷續續地，在幽靜黯黑的垃圾山中聽來，特別震人心弦。

「狗兒好像很痛苦，很可能是受傷了。」小希擔憂地說。

俊樂這時做了一個大膽的動作。他踏步向前，直直地朝狗兒傳出鳴叫的方向走去。

想不到狗群竟讓出一條路來！

路的前方是隻小小的法鬥犬，牠毛髮稀疏，應該出生不足一個月。

陪在小狗兒身邊的，正是那隻偷竊俊樂熱狗的短腿法鬥犬「熱狗賊」。

俊樂回頭喚小希，小希戰戰兢兢地穿過狗羣，來到小狗兒跟前。

她蹲下視察小狗身上的傷勢，發現小狗身上有多處傷痕，被打傷的地方皮肉都綻開了，其中最嚴重的部分應該是在腹部。

之所以如此推斷，乃因小狗的腹部纏繞着一團布，而這布已滲出深淺不一的血跡。

此時在小狗身旁的熱狗賊口中咬着那團布，看樣子是想將這布解下來，但傷口估計已化膿黏於布上。若強行撕下，必定痛楚萬分。

「熱狗賊想將布取下，但取不下來。解下的過程弄疼了小狗，所以小狗才叫得那麼淒涼。」俊樂推測道。

「到底是誰將這麼小的狗兒打傷？還將布纏繞在狗兒的傷口上，太殘忍了！」小希忿忿地說。

「怪不得這些野狗對我們充滿敵意，原來牠們這裏的小狗剛出生就被人類凌虐……」

俊樂說着，望進熱狗賊眼底。看得出熱狗賊非常擔憂，奈何牠不單無法幫孩子減輕痛楚，還使得孩子更痛苦。牠黝黑的眼珠流露着母性的慈愛與哀傷，顯得很

無助。

「熱狗賊可能是這隻小狗的母親。那傷口滲出這麼多血，再不處理小狗可能會死掉。小希，你有辦法幫牠把布取下來嗎？」

「現在小狗傷口化膿，黏在布上。如果貿貿然取下，必定會把皮肉都一起扯下，讓傷勢惡化。」

「那現在該怎麼辦？」

小希想了想，說：「必須找到雙氧水。」

「雙氧水？」

「嗯，之前我在家裏煮飯時燙傷，自己包紮傷口。後來也遇到這種情況，傷口黏在紗布上。我上網查找處理方法，發現只要用雙氧水或生理鹽水浸濕傷口，就能把紗布慢慢撕開來。」

俊樂對小希露出充滿仰慕的神情，道：「小希，你真獨立，什麼都能自己處理。」

「家裏只有我和媽咪，媽咪又每天忙於工作，我當然要自學自救啊！」小希覺得沒有人可以依靠或許也是一種優點，至少在某些危急時刻她不會顯得驚慌，也比其他人更懂得應對和解決問題。

她轉向熱狗賊，在小狗傷口部分比劃着敷藥的姿勢，說：「我現在必須去找雙氧水，幫忙處理小狗的傷口。你懂我的意思嗎？」

熱狗賊嗚嗚嗚叫幾聲，頭部點了一下，似乎聽懂了

小希的話。

俊樂看到小狗旁邊的鐵盤，裏頭放着從他那兒偷來的熱狗。他明白過來，説：「原來你是給孩子找食物吃。早説嘛！」

熱狗賊轉向狗羣，與牠們溝通一陣，接着牠望了小希一眼，向某個方向走去，才走幾步又回頭看看小希，似乎在等她。

「小希，牠是要你跟着去吧？」

小希趕緊走過去，但她馬上折回來，説：「俊樂你不跟我一塊兒去？」

這時俊樂眼前突然竄出一隻大狗，看牠那模樣，似乎把俊樂當成了人質，不讓他走呢。

「他們應該是怕我們出去後一走了之。唉！這些到底是不是狗啊？怎麼像人那麼聰明？」俊樂傻眼。

「那你暫時在這裏等我，我去去就來。」

小希説完就把背包放下，跟着熱狗賊離去。

「小希……」俊樂叫着想跟上，但那大狗馬上又阻擋了他的去路。

俊樂趕緊投降狀舉高雙手，説：「放心，我不逃。」

小希的身影轉眼就消失了，俊樂隻身處於蠢蠢欲動的狗羣中，不禁有些懼怕。

「沒事，小希很快就回來了，呼！」他安慰着自

己，舒口氣，乾脆在負傷的小狗兒身畔坐下。

「你也別怕，小希會有辦法治療你的，知道嗎？」

小狗似懂非懂，虛弱地閉上了眼睛。

俊樂望向四周，狗羣對他坐在小狗身邊，並沒有異議。看來，他暫時獲得狗兒們的赦免。只要小狗沒事，他應該就沒事。

「小狗啊小狗，你一定要好起來。不然我可就完蛋了……」

俊樂說着，放下了緊繃的心。或許是太久沒有如此勞累，俊樂竟馬上睡去，還打起呼嚕來。

狗羣們看着打呼嚕的俊樂，帶點傻氣地互相對望，不一會兒也放下戒備，圍着打呼嚕的俊樂，東倒西歪地躺下休息。

⑨ 小禹的秘密法寶

龍貓跟着祖銘回家，雖然一開始祖銘的父母對飼養他有些微言，擔心須支付多餘花費。但在祖銘的游說下，他順利地在祖銘家裏住了下來。

祖銘給龍貓準備了一張小木桌，那是祖銘小時候玩耍的木桌，後邊破了個洞，桌底下還有個抽屜，龍貓可以通過洞口鑽進鑽出抽屜，也可以自由竄上竄下。祖銘在抽屜內置放了薄薄的小墊子和乾燥的葉子和枯草，對龍貓來說，可說是相當理想的「窩」。

龍貓肚子餓時，可隨時到廚房。那兒有特意為他準備的小塑料盆，只要掀開蓋子，就能享用當天賣不完的雞肉大餐，口渴了就喝一旁塑料碟子內的清水。

龍貓對於這個家還算滿意，舒服地待在祖銘給他布置的「睡房」，美美地睡了一覺。

第二天，祖銘沒辦法帶着他上學，只好讓父母帶他一塊兒去檔口。

龍貓第一天「看檔」，覺得很新鮮。說是「看檔」，其實不過是待在一個竹製籃子內供人們「觀看」。

顧客們對龍貓這種不常見的動物充滿好奇，引起了

圍觀的小小人潮。

「原來這就是龍貓啊？」

「根本不是貓嘛！」

「龍貓不是動畫片裏頭的生物嗎？」

「牠長得好可愛啊！」

顧客們睜大雙眼，將他從頭到尾看個仔細，還對他指指點點，七嘴八舌地討論。

他已經許久沒被人如此熱烈關注和討論，頓時感到氣場增大不少，沾沾自喜起來。

有位顧客的女兒甚至將她喜愛的芭比娃娃身上那牛仔小外套扒下，給他穿上，說：「看！牠多好看啊！像龍貓王子！」

就這樣，他毛茸茸的身上多了件小外套，十足童話故事裏頭的男主角呢！

路過的人也禁不住好奇，停下來駐足欣賞他的新形象。有人賞他吃炸肉，有人給他買魚丸……

他身處的竹籃很快就堆滿各式各樣的「貢品」，有豆子、水果、肉類、煎炸食品，還有裝飾類如布簾、小盆栽、軟布墊，甚至有娛樂類的轉盤（由廢棄光碟製成）和小收音機播放着音樂。

「看來當龍貓也不錯嘛！我當人類的時候都沒有這樣的待遇呢！」

為了答謝「奴僕」們的賞賜，他大方地走向轉盤，

表演「跑步」給僕人看，再跌個四腳朝天，僕人就笑得
見牙不見眼了。

「這樣就笑開懷，人類真是頭腦簡單啊！」

他洋洋得意起來，當龍貓當得越來越得心應手，忘
了他原本是人類這回事了。

他飽餐喝足，又跟人類玩了一輪，感到有點累，於
是就鑽進軟布墊下方準備美美地睡個好覺。

就在他快睡着，迷迷糊糊地做着踩踏在人類頭上的
美夢時，一道聲音叫醒了他。

「哈囉！哈囉！」

「哈囉！哈囉！哈囉！」

他睜開惺忪的眼，氣惱地叫道：「誰啊？是誰那麼
吵？」

「你在説什麼？唧唧，唧唧！」那人學着他的叫
聲，聽起來非常刺耳，龍貓終於忍不住跳起來了。

他現在身輕如燕，即使睡至半途蘇醒了也能立即彈
起來。這可是他身為人類時求之不得的事啊！如今沒有
了這老骨頭動作慢的問題，這可是天大的福利呢！

「變成龍貓好像也沒什麼不好，至少我現在煩惱變
少了，還有愚蠢的人類乖乖地服侍我……」

正在他這樣想的當兒，龍貓發現吵醒他的人類兩眼
骨碌骨碌地盯着他，眼神天真爛漫。

這眼神太熟悉了！以前他幾乎天天都看到這天真爛

漫的眼神。

這時祖銘的父親喊了：「小禹！去幫忙洗碗碟。」

「哦！」小禹乖巧地走去洗手台那兒，將堆滿在洗手台內的碗碟用海綿一一沾上洗碗液，然後拎去隔壁盥洗台開啟水龍頭沖洗乾淨，再放進旁邊的大盆內。

龍貓感到很驚訝，他低下頭檢視自己。

「不對啊！我並不是人類啊！」

龍貓確實想不到變成龍貓後，還能撞見他以前的小小鄰居——小禹。

小禹這孩子怎麼會來雞飯檔工作呢？他還只是個小小的孩子啊！這家人怎麼可以僱用童工？要知道僱用這麼小的孩子是犯法的！

當龍貓這麼想的時候，突然想起他以前也一樣讓小禹幫忙整理庭院的花圃，幫忙收拾家裏……

「過來吃飯吧！吃雞飯，可以嗎？」祖銘的父親問。

「當然可以！」小禹用力地點頭，看得出來他多麼的歡喜。

小禹低頭享用雞飯，邊擦着額頭流下的汗水，一臉幸福和滿足。

「小禹竟然如此開心……」

龍貓回想起以往小禹幫他收拾好家裏後，乖巧地坐着聽他說故事的模樣。

他靜默下來。

沒有人可以不勞而獲，即使那人還是個孩子。

沒有人有義務養育他，除了他父母。

也沒有人因為年幼就能確保獲得大人的照顧。

「真是殘酷，為什麼小小年紀的他要遭遇這樣的事？」

他記得曾問過小禹，為何父母沒有給他溫飽的三餐和照顧。當時小禹說：「爸爸欠債，一直沒有回家。媽媽生病，三天兩頭住院，很少在家。」

正因為小禹家財務有問題，父母又無法照顧他，才落至年幼就必須時常挨餓，甚至出來打工換取食物的景況。

「父母這麼多問題，自己也沒辦法照顧，怎能照顧好孩子？唉！這樣的父母，當初就不該生下孩子。」

他還記得小禹對他說，平常不上學的日子或放學後，都會到阿姨開的素食檔幫忙以換取食物，當時的他以為小禹在說謊，才七歲大的孩子怎麼可能會幫忙工作？現在看來，小禹並沒有說謊。只是他想不到小禹不但幫忙素食檔的阿姨工作，還到雞飯檔工作。

他望向小禹，小禹吃完飯，正乖巧地擦拭着桌子。

「如果他不幫忙工作，人們怎麼會給他食物？就算人們施捨，也不是長久的辦法。況且，小禹也不一定願意接受他人的施捨……」龍貓低頭呢喃。

110

　　短短兩天，就讓龍貓遇見兩位際遇悲慘的人類。一位是藏身在廢棄屋的流浪漢，一位是他的鄰居小禹。他不禁升起放棄變回人類的想法。

　　「做人果然是很痛苦……還是龍貓幸福，不愁衣食，也不憂沒地方住。就這樣永遠成為龍貓，好像也不錯……」

　　他突然驚覺到自己安於現狀的想法，愕然大叫一聲，引得周遭的人都看過來。

　　「不行，不行，不行！我竟然有想永遠成為龍貓的想法？太糟糕了！怎麼不堪，也不可以想成為龍貓啊！」

　　「怎麼了？你沒事吧？」小禹走來，關心地對他說，「你是龍貓，我聽詹叔說的，對吧？」

　　龍貓抬頭望着小禹，拚命地搖頭。

　　「你不叫龍貓？」

　　「不！我是説，我不是龍貓！」

　　龍貓繼續晃頭，唧唧叫個不停，小禹抓抓頭，道：「你不開心？」

　　「不，不！我不想永遠成為龍貓！我是你以前的鄰居彼得爺爺啊，小禹！」

　　龍貓嘗試和小禹溝通，奈何小禹根本聽不懂他的話。

　　「別擔心，沒有人會傷害你。等我打完工，就幫你

111

洗個澡，好嗎？乾乾淨淨的才舒服，不然大家嫌棄你，可能就不養你了哦！」

龍貓注意到自己身上的毛髮沾上食物，身體還發出微微異味，心中暗忖：難道小禹發現我又髒又臭，所以說了這些話？

小禹以前就很愛乾淨，是個難得會整理家務和照顧自己的乖小孩。如今看來，他之所以那麼愛乾淨，也許是害怕父母嫌棄他髒而不願意養他？

龍貓安靜地等小禹忙完工作，幫他洗了個澡，接着又繼續對小禹嘰嘰咋咋叫不停。

「你是不是太悶了？」

龍貓晃頭，說：「我是你的鄰居彼得爺爺！彼得爺爺！你到底懂不懂？」

小禹歪着腦袋，說：「告訴你一個秘密哦⋯⋯」

龍貓直起身子，停止了怪叫，一臉傻萌樣。

「我有一個可以讓人開心的法寶哦！」

龍貓也歪起了頭，不明所以地盯着小禹。

小禹神秘兮兮地走去前面的素食檔，龍貓跟了過去。

素食檔有位三十來歲的女子正在廚房忙着炒菜，龍貓心想：她應該就是小禹時常提起的阿姨吧？

「小禹，等下拿點菜回去。你和媽咪都要吃多點，知道嗎？對了，你媽咪今天有好一點嗎？」女子說。

「哦，有，有好一點。謝謝婷姨！」

小禹說着，走到檔口裏面打開櫃子下方的其中一個抽屜，從裏頭取出一個背包。

小禹轉身跑回祖銘父親的雞飯檔，他並不知道龍貓跟了過來。

龍貓望了一眼那喚做婷姨的女子，趕緊追向小禹。

這時間顧客不多，因此龍貓可以不用左右逃竄的閃避人類。但就在他緊跟在小禹背後奔跑的當兒，突然間他身子抖了抖，腦海竟浮現小禹家中的畫面。

龍貓愣了一秒，繼續跑向小禹。

「你看，這些都是我的寶貝。」小禹顛倒了背包，將裏面的東西全倒出來，「這是我製作的模型，這是紙陀螺，這是我和爸爸媽媽的合照，還有──」

龍貓困惑地看着小禹的「寶貝」，突然醒悟過來，唧唧叫個不停。

「你為什麼要說謊？你媽咪根本沒有好，不是嗎？你媽咪現在到底怎麼樣了？她不在家，難道是在醫院？」

原來龍貓剛才看見了小禹家中空蕩蕩的畫面，小禹的母親根本不在家，因此小禹對婷姨回覆的話語都是謊言。

可惜小禹還是一句都聽不懂，他沒有回應龍貓，自顧自地說：「你也喜歡對不對？這些可都是我的寶貝，

平常我不輕易給人看的。」

小禹突然小心翼翼地從背包內袋扒出個東西，緊握在手裏，然後慢慢伸展開來，道：「看，這就是我的法寶哦！」

龍貓瞄向小禹手掌心的東西，那是個橢圓形，透明塑料製成的東西。

「扭蛋？」龍貓啞然。

龍貓記得他看過這樣的玩意兒，只要投幣進一個四方機器內，那機器就會從下方滾出一個雞蛋形塑料殼的東西。好像母雞下蛋一樣新奇，而且雞蛋形塑料殼內的東西有數種可能性，人們無法預測扭到哪個物品。

這種類似抽獎的機器據說很多人喜歡玩，他倒是沒玩過。

龍貓好奇地盯着扭蛋。

「知道裏面是什麼嗎？」小禹説着，神秘兮兮地扭轉着扭蛋，「叭」的一聲，扭蛋打開了。裏頭是個小小的長柱形物體，上面是繽紛色彩的圖案。

「這是什麼？有什麼神奇？」龍貓好奇地抓過來看。

「這可是爸爸從日本買回來給我的法寶哦！」

龍貓轉着柱子看來看去，終於看出個所以然。原來這東西是個萬花筒！

「這是爸爸臨走前帶給我的禮物。他對我説，只要

你用心看，就可以從裏面看到無比精彩的世界。」

龍貓轉來轉去，轉到一個畫面，那是一羣人跳舞的畫面。

他感到很震驚！竟然有人可以製作出這麼精美的萬花筒！這根本就是個小型電影院嘛！

「每次我覺得很無聊、很害怕、很⋯⋯沒人在我身邊的時候，我就會轉這個來看。看的時候我好像進入了那個精彩的世界，裏面的人轉動，我也跟着轉動；他們跳舞，我也跳舞！」

龍貓看了好一會兒萬花筒內的精彩畫面，才放下它腦袋就似乎被打着，愣了幾秒。

「這不會就是之前那兩個孩子要找的什麼『記憶蛋』吧？」

龍貓瞪大雙眼，想不到兜兜轉轉，竟然讓他找到了記憶蛋？難道他註定要幫那兩個孩子完成任務？他真的是幫助立體書世界的關鍵人物？

「是不是很好玩？只要有這個，再怎麼不開心，都會變開心哦！」小禹說着，把萬花筒收回去背包的內袋，拉上拉鏈，看得出他很珍視爸爸送給他的禮物。

「以後你如果感到不開心或悶了，隨時來找我。我會很大方地借給你這個法寶哦！」小禹信誓旦旦地說。

「以後？」龍貓想像着自己以後一直都是龍貓，每回悶的時候就找小禹借萬花筒娛樂一下，接着又日復一日吃飽喝足，直到老死。

他皺起眉頭，內心交戰着。

他回想自己的前半生，除了小時候那段發光發熱時期，之後的人生幾乎是淒慘度日。這麼痛苦的人生，真的有意思嗎？他真的要繼續過這樣悲慘的生活？

他轉而又想，當人類雖然不好，但當龍貓……他想起這兩天的經歷，心想：當龍貓好像也不賴啊！

隨即他趕緊晃晃頭，為自己的這種想法感到可恥。不，不！那不是沒有人知道我就是彼得？就算當人很痛

苦，我也不願意當一隻每天渾渾噩噩，什麼都不需要思考的龍貓！

他突然記起有人說過類似的話：寧願當個痛苦的人，也不願當頭快樂的豬。*

「那是誰說的話呢？」

他想了好一會兒都想不起來，但不管這話是誰所說，他忽爾感同身受，對這句話再不能同意更多。

「對啊！就算做人必須經歷很多痛苦，我還是不願意當一頭什麼都不用想的龍貓。至少我當人的時候，還有煩惱，還有各種欲望和不滿啊！當了龍貓，什麼都沒有了。腦袋空空地過日子，有吃的就吃，沒吃的就睡覺，遇到看不過眼的事也沒辦法說出來，也不能看我喜歡的電影，去超市選購喜歡的手工香皂，更無法在網絡上看八卦新聞，知道那些蠢人說了什麼、做了什麼。」

他想着自己過着與這世界完全沒有關係、無法溝通的日子，不能自由選擇、不用思考的生活……

「光想像就覺得很可怕！不，我才不要下半輩子這樣過！」龍貓大喊起來，又跳又竄，顯得很驚慌。

「怎麼了？」小禹手足無措地站在原地，問，「還

＊這是蘇格拉底名言，全句是「世上有兩種人，一種是快樂的豬，一種是痛苦的人。寧願做痛苦的人，也不做快樂的豬。」

想看是不是？好，好，就借你看多一會兒！」

小禹把萬花筒遞過去，誰知龍貓拿過那萬花筒，竟馬上跳出竹籃溜走了！他邊竄出小食中心邊想：「得找到那兩個孩子！只有他們才知道我是人類！只有他們才知道怎麼讓我變回人類！」

他飛快地逃出小食中心，但當他剛剛跑出中心的涼棚，就被一個小桶罩住。

那是正從廢棄屋回來的祖銘。

小禹氣沖沖地趕到，氣惱地說：「阿弟！龍貓偷了我的東西！壞蛋龍貓！」

「龍貓偷你的東西？」

小禹忙不迭地點頭。

祖銘兩手壓着乒乓作響的小桶，思慮着該怎麼做才好。

⑩ 熱狗賊的回禮

小希跟隨熱狗賊來到之前買熱狗的便利店，匆匆買了雙氧水、處理傷口的紗布和生理鹽水。

「還欠一樣東西……」

小希付了錢，轉向附近的中藥店。

買到了她想要的物品，小希身上僅剩的錢都花光了，想買點吃的墊一墊肚子也沒辦法。

「只好委屈俊樂了。」小希知道俊樂最怕餓肚子，但又沒辦法回家一趟取錢，眼下幫小狗處理傷口才是最要緊的。於是，她讓熱狗賊領她走回垃圾山。

她左拐右彎的，回到了垃圾山。垃圾山位於小鎮邊陲之地，之前因為顧着追逐熱狗賊，小希沒看清附近的景況，也不覺得走了很多路，現在才終於知道自己走了多遠的路途。

她兩腳機械式地快步行走，已感覺不到雙腿是屬於自己的了。

「看來我可能有跑馬拉松的潛能……」小希不禁自我調侃。

時近九時，小希回到垃圾山羣狗聚集之地。

眼前的景象讓小希莞爾，狗羣們七倒八歪地圍繞着俊樂和小狗躺着，中央的小狗和俊樂則睡得香甜，一副温馨和樂的畫面。與其説俊樂被監視或當成人質，不如説他是被這羣狗兒保護的主人還更貼切。

　　小希穿過狗羣，過去拍拍俊樂説：「俊樂，俊樂！」

　　俊樂揉揉眼醒過來，第一句話就問：「有帶吃的給我嗎？」

　　小希搖搖頭，説：「買了藥沒剩錢了，快起來幫我處理小狗的傷口。」

　　俊樂雖苦惱，但他心裏對小狗的傷勢也是着急的，於是他按小希的指示，將雙氧水慢慢地倒在纏着小狗腹部的布塊上。

　　等到浸透了布塊，小希輕柔地揭開布塊，並用雙氧水消毒傷口。過程中小狗勇敢地忍住了疼痛，不發一聲。

　　小希看着那傷口，皺眉道：「果然不出所料，傷口化膿，已經開始潰爛。」

　　「傷口潰爛會怎麼樣？會不會死？」

　　「如果感染嚴重，又任由傷口潰爛不治療，當然有可能會死。」

　　「那怎麼辦？小希，你快想辦法救救牠！」

　　小希拿出折成長方形的小紙包，打開來，裏頭是密

密麻麻的深紅色顆粒狀物體。

「這是什麼？」

「治療傷口潰爛的神奇粒子，是我們家藥箱必備藥物之一。印象中我好像有用過這東西……是了，媽咪因為監督房屋裝修，手臂意外受傷。當時應該是她囑咐我把這東西敷在傷口上，結果傷口很快復原。」小希說着，抓一把顆粒狀物體沾上生理鹽水，顆粒竟馬上黏起來，變成黏稠的樣子。

俊樂嘖嘖稱奇，看着小希將黏黏的一坨東西敷在小狗的傷口上，再細心地用紗布為小狗包紮傷口。

「這些小小的顆粒到底是什麼？」

「俗稱天仙子。」小希頓了頓，思忖道，「應該是媽咪說的吧？這藥只能外敷，不能內服。因為我們不是醫生，不能隨便吃藥。」

「想不到你媽咪懂的東西還不少。」

「是吧，畢竟爸爸沒有在我們身邊，我們當然什麼都需要懂一些。」小希說着，把紗布小心翼翼地纏繞住小狗的傷口。

「為什麼沒有聽你講起你爸爸？」

「我對他都沒有印象，怎麼講？」

「他——死了嗎？」俊樂捂住嘴，覺得自己問了個超級蠢的問題。

小希擺擺手，說：「呵，他在我很小的時候就離開

了。應該沒死吧？」

「他為什麼離開？」

小希杵在那兒，答不出來。她真的不知道父親為何離開她們，也對當時的事完全沒有記憶。

「對不起，我又問了蠢問題。」

小希撕開紗布打了個活結，終於包紮好傷口。她拍拍手掌，道：「沒關係，我都不記得了。」

熱狗賊在一旁靜靜地看着他們為小狗療傷，此時牠對着小希嗚嗚嗚叫，再點點頭。

「不用客氣，還不知道是否能治好呢！」

小希說着，過去撫摸小狗頭部細軟的毛髮。小狗似乎很歡喜，嗷嗷叫了幾聲。

狗羣們不知何時站了起來，盯着小希和俊樂，像訓練有素的士兵，同時垂下頭來，似乎對他們俯首稱臣。俊樂對這畫面並不陌生，因為之前在流浪狗聚集地也曾見過狗兒們這樣的動作。*

「俊……俊樂，牠們這樣做是什麼意思？」

「應該是想讓我們成為牠們的領袖吧。」

「什麼？領袖？」小希的眼珠差點沒凸了出來。

「狗兒們就是這樣，只要你讓牠們折服，就會衡量

* 《奇幻書界》第1集中，廢墟中的流浪狗羣曾對黑狗俊樂俯首稱臣。

你能不能當牠們的領袖。照目前的情況看來，牠們已經達成一致的意見，想讓我們當頭兒。」

「不是吧？我們當這些幫派狗的頭兒？當頭兒不是得留在這裏嗎？我們可還是中二的學生，要上學念書的！」

「我試試跟牠們溝通一下。」俊樂望向熱狗賊，眼下應該只有牠較通人性了。

「你不是説不會跟狗兒溝通了嗎？」

「我不會説狗語，只能寄望狗兒能聽懂人話。」俊樂説着，對熱狗賊説起話來，「你是法鬥犬吧？我不知道你孩子經歷過什麼，不過人類不是每個都那樣壞，也有像我們這樣喜歡狗兒的。」

熱狗賊好像聽懂俊樂的話似的，頻頻點頭，兩頰的肥肉也隨之甩動。

「這次可説是誤打誤撞，你偷走了我們的熱狗，把我們帶到垃圾山，陰陽差錯地救了你的小孩。如果你想要補償，就帶我們出去，讓我們回家吧！我們以後還會來探望你的。」

熱狗賊靜默了好一會兒，眾狗羣都等着牠的反應。就在此時，從俊樂身旁傳出一道豬鳴！

俊樂慌張地靠向小希，説：「這裏怎麼會有豬？」

「不，不是豬。」

「可那明明就是豬叫聲啊！」

「是像豬叫，不過是狗兒發出的叫聲，而且就在你面前。」

俊樂望向熱狗賊，仔細端詳熱狗賊的嘴唇，想不到熱狗賊那朝天鼻煽動一下，又發出一聲豬叫！

「原來是你！你怎麼會發出豬叫？」俊樂盯着熱狗賊的鼻子，發現其鼻翼非常狹小、形狀外翻，真有幾分豬鼻子的模樣。

他大膽地指着熱狗賊的豬鼻子，說：「是鼻翼狹小，讓你發出這豬叫聲嗎？」

熱狗賊嗚嗚嗚叫，似乎在說「是」。

接着熱狗賊突然跑開去，小希和俊樂一副摸不着頭腦的模樣，但很快熱狗賊又跑回來了。

牠口中含着個東西，搖搖晃晃的，垂下兩條帶子。

「那是什麼？」

俊樂聳聳肩，說：「是送給我們的禮物嗎？」

「禮物？」小希思忖着，突然思考回路連起來，大叫道，「門房的豬鼻子口罩！」

「什麼？這就是豬鼻子口罩？」

「對，剛才熱狗賊發出一聲豬叫，那應該是牠特殊的鼻子結構造成，使牠能發出豬叫聲。」

「我聽過法鬥犬由於鼻翼狹小，睡覺時會打呼嚕，想不到還會發出豬叫聲！」俊樂搖頭擺腦地思索，「所以說，熱狗賊的鼻子就是豬鼻子！那口罩呢？牠為什麼

會有口罩？」

「牠應該曾被人類圈養過，這口罩是被圈養時為防止咬人或其他原因而給牠戴上的。」

「但即使這樣，為什麼熱狗賊的口罩能喚醒雪兒的嗅覺？」

小希摸摸下巴，噘了噘嘴，道：「我猜這口罩應該跟着熱狗賊好些年月，是熱狗賊的寶貝，不然牠不會為了報答恩惠而轉贈給我們。假設熱狗賊是一名嗅覺異常靈敏的狗兒，可以分辨各種氣味甚至化學分子，在牠嗅東西的當兒，也許會黏附許多氣味在這口罩上。」

「這充滿各種氣味的口罩，能喚醒雪兒的嗅覺本能？」

「我也是猜測而已，不過可以肯定的是，這口罩就是我們要找的東西！」

俊樂笑開了懷，趕忙接過熱狗賊送上的禮物——「豬鼻子口罩」。

「這就是『豬鼻子口罩』啊！真是得來全不費功夫！」

小希不禁翻白眼，道：「誰說的？我們可是費了好一番功夫才得到的！」

俊樂摸着頭，傻呵呵地說：「對，對！好不容易才得到！但是誰想得到是以這樣的方式得到？」

小希也不禁莞爾。他們的任務向來都是這般不按牌

理出招，而且都在他們措手不及下完成。

「我們走吧！」

熱狗賊已在前方扭過頭候着他們，其他狗兒亦羣起嗷叫，似乎在歡送他們離去。

臨走前，小希對俊樂說：「是陰差陽錯。」

「什麼？」

「你剛剛跟熱狗賊說『陰陽差錯地救了你的小孩』。錯了，是陰差陽錯。」

俊樂意會過來，抓抓頭傻笑道：「哦！原來如此啊！」

「你常常對事情不了解就隨便說。」

「隨便一點，不用這麼認真啦，小希！我承認我做事懶散，得過且過，但你也太認真了。偶爾要放鬆一下，這樣日子才過得開心嘛！」

小希沒好氣地抿了抿嘴，不再多說。

熱狗賊護送他們至一開始掠奪熱狗的便利店，就搖搖尾巴與他們道別。俊樂擔心胖子大公爵會來搶奪豬鼻子口罩，怎麼都要把小希安全送抵家門。

「別擔心，我有種預感，艾密斯團長會出現哦！」

話音未落，艾密斯團長果然又在他們平時會面的小公園竄了出來。

「完成任務了，對嗎？」艾密斯團長問。

「是的，這應該就是門房的豬鼻子口罩。」小希奉

上口罩，道：「可是記憶蛋和龍貓都還沒找到。」

團長露出讚賞的臉色，道：「你們已經做得很好。別擔心，智慧長者能參透一切，她之所以在你們未完成第一項任務前就交與你們第二項任務，必定有她的原因。」

「那記憶蛋和龍貓還需要尋找嗎？」俊樂問。

「當然要！放心，只要用心去做每件事，一定有意想不到的結局等待着你們。」

艾密斯團長又說些充滿玄機的話語了，小希知道再怎麼探究答案也是沒用，只能照着艾密斯團長的話，走一步看一步了。

艾密斯團長口袋內的警報鈴聲又響了，他趕緊按停，說：「忙死了！忙死了！得去送信了！」

「艾密斯團長，可以知道為什麼豬鼻子口罩能喚醒雪兒的嗅覺本能嗎？」小希還是忍不住問。她不喜歡事情總是模模糊糊，搞不清楚狀況的模樣。

「噢，這個啊！哈哈，這可是基因密碼的功勞！你知道嗎？狗兒鼻子內布滿了大量的嗅覺感受器，還有一種特殊的鋤鼻器，能分辨各種氣味分子。只要經過訓練，甚至能從嗅的動作得知有關你的訊息，比如你喜歡吃什麼，喜歡什麼香水，去過什麼地方，甚至有沒有帶槍械、炸彈等危險物品都能得知。」

俊樂想起最近常常覺得肚子脹脹的，便問：「如果

一個人肚子裏有蛔蟲，牠們也能知道嗎？」

「當然可以啊！牠們連一個人是不是懷孕，或有沒有患癌症也能知道。」

「這麼神奇？」俊樂驚訝得下巴都快掉下來了。他萬萬想不到狗兒的鼻子居然如此厲害，「要是人類好好訓練這些嗅覺靈敏的狗兒，後果真是不堪設想啊！」

艾密斯團長和小希愣了一下，撲哧一聲笑了。

「你們笑什麼？」

「你的成語應用得真是越來越出神入化，寓意深遠啊！」

艾密斯團長拍拍俊樂的肩膀，隨即走入時空縫隙的旋渦中。

俊樂有些不高興，他第一次覺得被人稱讚原來也會不開心。

「你別生氣，艾密斯團長不是故意諷刺你。」

「艾密斯團長真壞！他竟然諷刺我！哼！我不想幫他了！」

「你真的不要執行任務？」

俊樂斬釘截鐵地搖頭。

「嗯⋯⋯你可別反悔哦⋯⋯」

「我才不反悔！我不如回家睡大覺，吃大餐，何必這麼辛苦幫人？而且還是不認識的人。」

「言之有理，那你可別來我家哦，我準備回家看

《比華利大戲院》第，四，頁。」小希特意強調了俊樂一直很在意的頁數，她知道俊樂的好奇心可不比她少。

「呵？什麼？不，不！我雖然不要執行任務，可沒說不要看立體書啊！」

「不管啦！反正都不關你的事了！」

小希暗笑，大步走回家去。俊樂杵在原地，想了想，拔腿追去，喊道：「等等我！小希！我幫就是了！還不行嗎？小希！」

⑪ 保密義務

「等一下借我充電器，再不通知媽咪，她會嚇死的！」俊樂追上小希，並排走着說。

「沒問題，我媽咪可能也會擔心。」

小希用「可能」，是因為母親對她一向很放心，而她做事通常很有交代。像今天這樣沒有通知就遲歸的情況，少之又少。

她想着萬一母親擔心的話該怎麼跟母親解釋，頭低垂着，差點兒因此撞到一個人！

她慌忙站好身子，發現眼前竟是個令她和俊樂大大出乎意料的人。

「祖銘？」俊樂喚道。

只見祖銘嘴角藏不住笑意地說：「你們要找的東西，在我這裏！」

小希和俊樂看到祖銘手掌心的東西，倒抽口氣叫道：「龍貓？」

龍貓瞪大着眼，嘰嘰咕咕叫了幾聲，似乎很高興看到小希與俊樂。

祖銘笑眯眯地說：「怎麼樣？還是我厲害吧？」

「你怎麼會——」

「說來話長，不過說到底就是我跟龍貓有緣。」

小希想起祖銘今天在班上詢問龍貓的毛色和體形，說：「怪不得今天早上你突然過來打聽龍貓的事，原來他在你那裏。」

俊樂伸手過去想抓住龍貓，想不到祖銘閃開了，說：「你們要是不說清楚，我可不會把牠交給你們！牠現在可是我的寵物。」

「這……」俊樂面有難色，等着小希指示。

「只要用心去做每件事，一定有意想不到的結局等待着你們。」小希腦海浮現艾密斯團長剛才說的話。

「太玄了！事情的結局果然意想不到，看來我們只能順勢而為了。」小希心想，然後說，「要我們說可以，但你必須謹守保密義務。」

「哇！保密義務？好像諜戰片啊！」

祖銘還未答應，俊樂倒先興致勃勃起來。

「不，比諜戰片更離奇詭異。」小希難得地推波助瀾。

如此這般，三人知會過小希的母親徐堯之後，就溜進小希的房間。

小希搬來兩張椅子，三人聚在桌前，龍貓則站在小希的桌上傻乎乎地看着他們。

「這隻龍貓可不簡單哦！」小希說。

「怎麼不簡單？」俊樂又搶在祖銘跟前問。

小希拿出平板電腦，對龍貓說：「一加一等於多少？」

龍貓雖然覺得這問題很白痴，不過也識趣地配合小希，在軟布墊上拍擊。平板電腦熒幕顯示了：「二。」

「一百加一百呢？」

龍貓翻了個白眼，快速輸入「二百」。

這時祖銘忍不住喊起來了：「好神奇！牠怎麼可能這麼聰明？牠到底是不是龍貓？」

俊樂以為祖銘就要發現龍貓並不是龍貓，而是由人類變成，小希卻淡定地回道：「牠啊！可是拿過獎的龍貓哦！」

「什麼獎？」

「牠在一年一度的寵物展盛會中，取得了最聰明寵物獎。」

這回不單祖銘，俊樂也傻了眼。想不到小希編出個這麼合情合理，又毫不突兀的好藉口。

「這隻龍貓原本是你的？」

小希點點頭，說：「當然！如果你不把牠還給我，我會很苦惱的。看，這是牠的窩。」

小希指向牀邊的籠子，龍貓立即配合地跑進籠裏。

祖銘有些失落，但他也知道不能奪人寵物，於是他不捨地對籠子內的龍貓說：「你在這裏要乖乖的！我會

常常來看你，還會帶你最喜歡的雞屁股來！」

「雞屁股？你竟然給牠吃雞屁股？」小希一副質問的語氣。

「對啊？怎麼了？」

「龍貓的主食是穀物和草粉，如果常餵給牠吃肉，肚子會不舒服，甚至腹瀉的！」

小希話音未落，籠子內的龍貓就捂着肚子，接着「噗」的一響，一大坨髒水從腹部底下流了出來……

小希兩手捂着頭，哀歎：「你還真會選時間……」

大夥兒手忙腳亂一陣，終於把龍貓的窩清理乾淨。而龍貓也因腹瀉過度，昏睡過去。

祖銘一臉歉疚、兩眼有些濕潤地說：「對不起，小希。我真的不知道龍貓不可以吃肉……」

「沒事，只要龍貓沒事就好。對不對？」

祖銘這才破涕為笑，原來他竟是個愛鬧也愛哭的男孩。平常在學校小希與俊樂只知道祖銘調皮不羈，這樣「哭包臉」的祖銘他們還是頭一回見識到呢！

由於時間太晚，俊樂和祖銘就各自回家了。

小希疲累地躺在牀上，但她心緒不寧，想着：好多事要處理，明天會怎麼樣呢？明天又會遇到誰？我們能順利完成任務嗎？

她這麼想時，不知為何腦海竟浮現龍貓曾提起的經典電影對白——「明天又是新的一天。」

「是啊！明天又是新的一天……何必去煩惱還未發生的事？」

小希說着說着，便沉沉睡去。

⑫ 罪人

第二天，雖然龍貓向小希保證絕對不逃走，小希仍執意帶着龍貓上學。一則她擔心身體狂瀉而虛弱的龍貓，再則龍貓跟她說了記憶蛋的下落。小希想放學後第一時間去小食中心找小禹，向他「借」記憶蛋。

好不容易挨到放學時間，小希、俊樂跟着祖銘來到小食中心。

「今天小禹應該也會到我爸爸的雞飯檔幫忙，不過你們找小禹做什麼？你們認識小禹？」祖銘對小希他們要找小禹的事充滿疑惑。

俊樂望向小希，他腦袋沒有小希靈光，總是沒辦法第一時間想到應對的說辭。

「是我的一位朋友認識小禹，他知道小禹家境不太好，託我打聽小禹的近況。」小希把早上龍貓寫給她的資訊據實說了出來，所謂的朋友，自然就是龍貓啦！

「原來是這樣，世界還真小！想不到你的朋友竟然認識小禹。小禹的父母常不在家，因此他時常有一餐沒一餐的。素食檔的婷姨是他媽咪的朋友，她建議送小禹去兒童院舍。但小禹年紀雖然小，脾氣可真倔強，寧死

都不肯去社會福利署安排的兒童院舍住呢！」

俊樂不能理解竟然有父母不理會自己的孩子，讓孩子自生自滅。他心情非常鬱悶，説：「如果我媽咪對我這樣不理不睬，我一定早就餓死了！小禹真可憐，竟然有這麼狠心的爸爸媽媽。」

祖銘趕緊晃晃手，難得一本正經地對他們解釋道：「不是的，小禹的爸爸是因為生意投資失敗，不想牽連家人才選擇離開。小禹的媽媽後來因勞累過度患上疾病，三天兩頭住院。她也不希望小禹被送去兒童院舍，所以一直努力去醫院治療。他們不是故意不理小禹的！」

「總之他們讓一個那麼小的小孩沒有飯吃，太不應該了！」

「嗯⋯⋯我也有想過這問題。不過，其他人也沒辦法照顧他，除非找到願意領養他的人，小禹自己又不願去兒童院舍──」

「那就叫素食檔的什麼阿姨收養他，不就可以了嗎？」俊樂還是不能理解年幼的小禹沒人照顧這件事。

「婷姨家裏有五個孩子，生活已經很辛苦──」

「那你們家呢？你們也可以領養他啊！」

「我⋯⋯我們家也有很多情況的，哪有這麼容易收養別人家的孩子？」

「說到底你們就是不願意幫小禹！」

「你亂説！我爸媽是想幫小禹，才請小禹來幫忙

的！」祖銘氣鼓鼓地反駁道。此時在雞飯檔幫忙的小禹聽見有人喚他的名字，跑向了他們。

「我媽咪説請小孩子工作是犯法的，你們是非法僱用童工！一點同情心都沒有！」俊樂得理不饒人地繼續説道。

「我……我們……」祖銘被説得啞口無言，氣呼呼地呵一大口氣。他從來沒想過會被俊樂這樣責怪他和家人，不禁露出市井的脾氣，抬起了拳頭。

小希生怕祖銘和俊樂會打起架來，趕緊打圓場道：「俊樂，世上有很多不幸的人，我們不能用自己的角度去看事情，要多站在別人的立場想想——」

小希話未説完，祖銘就忍不住打岔道：「我爸爸可一直在幫着永哥的！誰説我爸爸沒有同情心？」

「永哥？他是誰？」

「永哥是無家可歸的流浪漢，他在我爸爸幫助下躲在後面那一排舊屋裏！」祖銘指向小食中心後方的屋子大聲地説，接着才驚覺自己暴露了永哥的藏身地點，緊閉着嘴一臉做錯事的樣子。

一直隱匿在小希背包內的龍貓探出頭來，他看着這幫孩子們的無謂爭執，搖頭歎息：「唉！小孩子就是成不了事。明明是要來找小禹取記憶蛋的，現在變成什麼局面？他們該不會滑稽得要去找永哥吧？」

小禹並不知道這場爭執因他而起，他突然衝向前，

一臉興致勃勃的模樣說：「我要去找永哥！」

小希與俊樂看着不知何時冒出來的小禹，朝祖銘乾瞪眼，祖銘攤攤手說：「他就是小禹。」

「小禹！」小希與俊樂同聲叫道。

兩人正欲詢問記憶蛋的事，小禹卻拉着祖銘嚷嚷：「阿弟，帶我去找永哥啦！我要找他！」

「找他做什麼？永哥不想讓人知道他在哪裏。」

「為什麼？他是不是在跟人玩躲貓貓？」小禹一臉稚氣地說。

「當然不是！他……不想讓人知道他是流浪漢。」

小禹皺起眉頭，問：「流浪漢是什麼？」

「唉，小禹你不要問這麼多──」

「祖銘，停一下。可不可以先向小禹借記憶蛋給我們？」小希這時插嘴道。

「什麼是記憶蛋？」小禹又問。

「就是你的寶物啊！一個特別的扭蛋。」

小禹睜大了眼，趕緊摸了摸背後的包包，似乎很怕人家搶走他的寶物。

「我們只是要借一下，不會搶走你的寶物。」小希誠懇地說。

「真的只是借一下？」小禹不放心地瞄小希。

「當然。」小希打包票地說。

小禹機靈的眼珠轉了轉，然後說：「除非帶我去找

永哥，不然我不借給你們！」

祖銘抓抓腦勺，在眾人注視下頷首答應。

事情果然朝向龍貓所預測的那樣，往看起來完全不相干的方向發展。

就這樣，他們一行四人，外加一隻龍貓，往永哥的藏身處——食肆後方的一排房屋走去。

「我就猜到結果會是這樣。唉！這麼一個小小任務都得拖那麼久，磨磨蹭蹭的！我還是先睡一會兒吧！」龍貓打了個呵欠，沒眼看地躲進小希背包內，合上眼睛睡大覺。

祖銘領着眾人來到被綠色植物包圍的「樹屋」，卻又臨陣退縮，道：「還是不了，我們不要打擾永哥比較好。」

「你是在怕什麼？」俊樂問。

「我才沒有在怕！」祖銘不悦地回道，隨即收起了他一貫無畏而輕浮的態度，説，「只是……我答應過永哥，不能讓人發現他住在這裏。我們還是回去吧！」

「我不要回去！我要找永哥！」

小禹説着，衝向殘舊的大門，祖銘怕這破爛大門被小禹一撞就壞了，趕緊阻止。但門卻從裏面打開來，小禹就這麼衝進了屋裏，撲向屋內人的懷中。

小禹怪叫着要逃開，抱住他的人説：「別怕，是你要找我嗎？」

小禹一聽馬上靜了下來，他端倪眼前衣衫襤褸的邋遢男子，喏喏問道：「你……是永哥？」

永哥點點頭，放開了小禹。

祖銘趕緊說：「對不起，永哥，他們堅持要來——」

「難道不是你先透露了我的行蹤嗎？」永哥冷冷地說。

祖銘低下頭，他確實違背了與永哥的約定，難過地說：「我知道你不想被人發現，不過我真的不是故意說出來的！」

「你在哪裏說的？」

「就……小食中心……」祖銘心虛極了，在小食中心這樣大庭廣眾的地方說，表示永哥的藏身地很可能已經洩露給其他人知道了。

永哥呵口氣，過去拍拍祖銘的背部，道：「算了，我知道你沒有惡意。不過，既然有可能被人發現，我就不能再待在這裏。」

「不！永哥，對不起！我真的沒想到會這樣嚴重！對不起！」

祖銘急得眼淚都飆了出來，俊樂看不過眼，上前說：「我不知道你為什麼不能被人發現在這裏，但祖銘會說出你在這裏，也是因為我的關係。你要怪就怪我，不能怪他！」

祖銘沒料到剛剛才與他起衝突的俊樂現在居然反過

140

來幫他，收起了眼淚，説：「不，俊樂，是我不對在先。永哥是不能讓人發現他在這裏的！」

「為什麼？他做了什麼壞事嗎？」

「呃──」祖銘望向永哥。其實他除了知道永哥無家可歸、身無分文、有厭世傾向之外，他對永哥一無所知。但祖銘依舊選擇相信這些天相處下來所認識的永哥，他説：「永哥一定不是做壞事的人，你不要亂説！」

「我的確是個罪人。」

祖銘感到啞然，想不到永哥竟親口承認自己是罪人。難道永哥真的犯過罪案？

「現在的問題是什麼？」小希這時插口問道。

眾人望向她。

「現在的問題，是永哥藏身在這裏的事不能讓人知道，對嗎？」

祖銘點點頭。

「如果在這裏的每一個人都不説出去，不就沒事了嗎？小食中心那麼吵雜，我相信其他人應該沒有聽見剛才祖銘説的話。」

「不怕一萬，只怕萬一。只要有可能讓外人知道，我就不能再躲在這裏。」永哥説，眉頭揪緊着，深邃的眼神似乎隱藏了許多不欲人知的秘密。

「那如果能找到另一處更隱秘的地方，是不是就可

以了？」

永哥抬頭直視小希，疑惑地說：「更隱秘？」

「對，我剛好知道一處地方，一處無人願意靠近的廢墟。」

「在哪裏？」永哥迫切地問。

小希望了俊樂一眼，說：「就在城中表演中心附近。」

「城中表演中心？」

「是的，那裏是由二戰時的鐵路站改建而成，附近有一些廢置多時的空地和建築。由於建築結構獨特，我就上網查了查，原來那是因二戰而荒廢的宿舍及活動中心。」小希頓了頓，繼續說，「跟這裏相比，那裏肯定是更不容易被人發現的藏匿之地，對不對？」

「你這麼說，我有印象了……」永哥思忖一下，神情凝重地頷首道，「好，我就去那裏吧！」

「不行！那裏找得到吃的嗎？」祖銘顯得有點激動，但又察覺自己的失態，放緩語氣說，「既然是廢墟，你去哪裏找吃的？你在這裏，我可以每天給你帶食物。」

其實祖銘自己也不知道為何這麼擔心永哥，大概是生平第一次如此被人倚靠，對永哥有了幫助到底的情義及執着。

「對，對！那種地方很難找吃的，萬一餓肚子就不

142

好了！」最擔心餓肚子的食物大使俊樂也馬上附和道。

「我自然會有辦法，不是説那裏曾經是宿舍嗎？只要有炊具，我就有辦法弄到吃的。」

「在那種狗不拉屎，鳥不生蛋的地方，你該不會想吃老鼠或是什麼壁虎之類的吧？」俊樂吊高眼露出懼怕的模樣。

「當然不是，城中表演中心不是有家咖啡廳嗎？我知道他們會把當天賣不完的食物和不夠新鮮的食材丟棄。那些食物和食材都還可以吃，丟了太可惜。我可以趁大家下班後才去挖寶，決不會有人發現。」

「永哥你對城中表演中心那麼熟悉，你去過那裏？」小希好奇地詢問。她對永哥身上散發的神秘氣息很感興趣，特別想知道永哥曾經歷過什麼事，尤其他説自己是「罪人」，他到底曾犯了什麼罪？

「這──」永哥遲疑一下，眼神空洞地説，「我是個沒有過去，也沒有未來的人。」

「什麼意思？」小希越發好奇了，惟這時小希背後的包包突然扭動得很厲害，接着有個小東西從背包裏竄了出來。小希趕緊隨着那小小的身影追出門口，卻驚見小禹被一個大塊頭背着，而前頭是個十九世紀穿着打扮的胖子領着他們逃竄！

「糟了！小禹！」小希叫着追過去。

俊樂和祖銘緊隨在後，永哥猶豫一下也尾隨而去。

13 辨別幻術伎倆

　　適才龍貓在小希背包內睡得正酣，隱約中聽見細微的腳步聲，他直覺有危險來到而驚醒過來，爬出了背包，竟撞見一個胖子對着蹲在門口觀察螞蟻的小禹指手畫腳，口中還念念有詞。他知道不對勁兒，立即費盡力氣往下一蹬，朝胖子和小禹的方向跳去！

　　怎知他用力過猛，竟跳過了門檻，正正跌落在一個大塊頭跟前。那大塊頭低下頭來，一副驚愕的模樣，下一秒，大塊頭欣喜若狂地說：「大公爵，這就是那隻龍貓啊！」

　　「那還不快抓住他？」大公爵壓低聲量吩咐大塊頭。

　　龍貓一聽大塊頭要抓他，馬上閃去一旁。此時大公爵聽見屋裏的聲響，便跑在龍貓前頭，叫道：「帶上孩子！」

　　龍貓聽到他們要帶走小禹，趕緊來個急轉彎追向他們。

　　於是乎，大公爵領頭奔跑，跟在後方的是伊諾，他背着已經被催眠得昏昏欲睡、完全不曉得反抗的小禹，

再後方則是緊緊跟隨的龍貓。聞聲而來的小希跑在龍貓後方，接下來是祖銘、俊樂及永哥，形成一條罕見的「追趕人龍」。

追了一段路，小希想起大公爵一定是打算通過時空縫隙回去他們的世界。若無法趕在這之前攔下他們，小禹搞不好會直接被帶去立體書內的世界！

小希想了想，唯有孤注一擲，她猜測時空縫隙很可能是上一回艾密斯團長出現的地方，於是她轉頭朝俊樂喚：「俊樂，你趕去我家前面的小公園！我們分頭包圍他們！」

「好！」

俊樂應答後立即拐彎朝小路奔去，在後方的祖銘猶豫一下，隨俊樂跑去。永哥跑在最後，在見不到小希的情況下就依從了俊樂的路線。

大公爵跑着跑着似乎累了，他目測前方是一條靜謐河堤，而這午後時段與酷熱天氣大概無人會來河堤散步，因此他停了下來，喘幾口氣後整理一下華麗的衣裳。再怎麼累都不能失去公爵的儀態，這可是他身為萬人之上、一人之下的大公爵一貫的教養。

此時小希正好趕來，大公爵見只有小希一人，便揮揮衣袖，嘴邊的小鬍子隨着冷笑而抖了抖。接着他從內袋取出一張畫着風沙大作的小卡，對着小希念起了咒語。

頓時河堤邊的樹木和野草都激烈晃動起來，河堤中的水也激起了水花，集中成水柱，衝向小希！

小希往後望去，發現原來追着大公爵的只剩她一人。

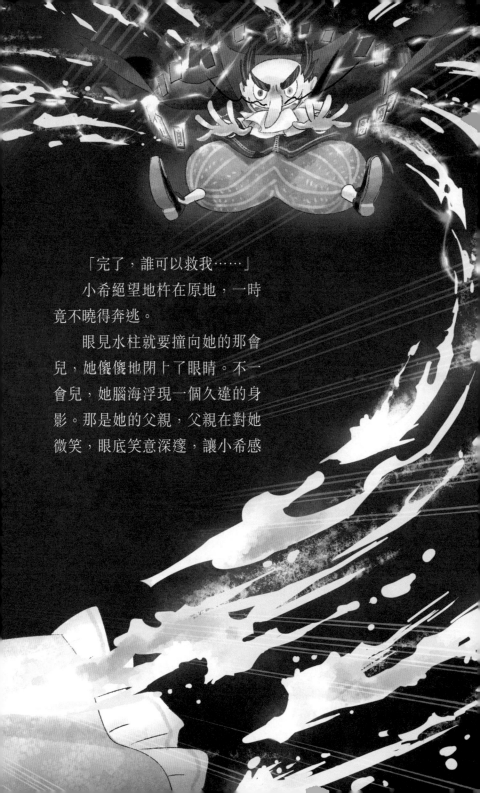

「完了，誰可以救我……」

小希絕望地杵在原地，一時竟不曉得奔逃。

眼見水柱就要撞向她的那會兒，她傻傻地閉上了眼睛。不一會兒，她腦海浮現一個久違的身影。那是她的父親，父親在對她微笑，眼底笑意深邃，讓小希感

到很安定，頓時忘卻了懼怕。但一晃眼，父親卻不見了。小希感覺周遭靜謐下來，於是慢慢睜開了眼。龍貓這時在她腳邊唧唧叫個不停，小希意會過來，拿出背包內的平板電腦，讓龍貓跳上軟鍵盤打字。

只見熒幕上顯示：「別被他騙了！他使用的只是幻術！」

「幻術？」小希頓時開竅，問，「艾密斯團長有説過胖子大公爵最厲害是施展幻術，難道剛才的風沙和水柱都是假的？」

「嗯！剛才胖子念咒的瞬間，我腦袋有個影像劃過，看見只有幾顆小石子和小小的水花，並不是眼睛所看到的水柱和風沙大作的場面！」

「那麼説來，你不只能辨識謊言，還能分辨真假幻術？」

「不是分辨真假幻術，而是能辨識幻術的伎倆。只要是假的，無論是語言或是動作，我應該都能分辨出來。」

這時候的大公爵似乎心有不甘，他萬萬想不到完全不抵抗的小希反而讓他的幻術起不了作用。

「氣死我了！居然無視我的幻術？哼！別小瞧了我，看來不使出殺手鐧，你們是不會害怕！」

大公爵收起了小卡，繼而拿出幾枝尖利的小針。他對着小針喃喃自語，驟然間天色暗了下來，小希抬頭望

過去的時候，千萬枝箭突然朝她射過來，她狼狽地拿起背包七手八腳地阻擋利箭，此時龍貓又在她腳邊唧唧大叫。

小希趕緊朝熒幕看，熒幕上寫着：「只有幾枝是真，其他都是假的！」

「哪枝才是真的啊？」小希急急問道。

龍貓趕忙輸入：「下盤！」

「下盤？」

龍貓見小希不明白，又趕緊輸入：「我剛剛看到胖子大公爵往你的下半身瞄準。」

小希剛反應過來，想移動腳步，卻已被刺中膝蓋。她腳一崴，整個人往旁邊倒了下去！

「哈哈哈！傻丫頭，你以為能躲得過我的千針萬箭幻術嗎？」

小希痛得飆出淚水，身體捲曲着，無力回嘴。大公爵輕蔑地瞥了小希一眼，吩咐伊諾：「走！」

大公爵及背着小禹的伊諾隨即往河堤上方的公路跑去。

「龍貓！快救小禹！」小希對身畔的龍貓說。

龍貓感受到小希眼底的信任與期望，只好暫時扔下受傷的小希，追向大公爵和伊諾。

大公爵和伊諾跑上了公路邊的小道，正要拐入僻靜小巷時，被一個人擋住了去路。那人手中拎着根木杖，

打扮與大公爵類似，頭上戴着獵鹿帽。他正是艾密斯團長！

「哼！你以為可以阻擋得了我？」大公爵朝伊諾使了個眼色，伊諾立即放下昏睡中的小禹，往艾密斯團長撲去！

艾密斯團長急速閃開，並迅速往懷裏一摸，亮出一張牛皮紙，道：「這是智慧長者交給我的下一個任務，是不是很想知道是什麼呢？」

伊諾心想：嘿！何必現在跟你搶？只要你展開牛皮紙，我遲早會知道是什麼。

「你現在是不是在想，只要我展開牛皮紙，你遲早一定知道寫了什麼，對吧？」

伊諾滿臉通紅，想不到艾密斯團長居然讀懂他心裏的話，他急忙轉向大公爵，道：「大公爵，他居然懂讀心術！」

「笨蛋！他根本就不懂讀心術，而是猜到你心裏的話！你可不可以不要心裏想什麼都寫在臉上？」

伊諾的臉漲得更紅了，他怒喝：「不展開牛皮紙，你不也是無法知道裏面寫了什麼？」

「嘿，你忘了？我啊——」艾密斯團長故弄玄虛地拉長了尾音，慢吞吞地停了半晌，然後才一字一句地說：「我，可，以，自，由，來，去，時，空。」

「那又怎樣？」伊諾丈八金剛摸不着頭腦地說，

「你還是不知道紙上寫了什麼啊！」

「我可以去未來的時空啊！只要我把牛皮紙帶到未來時空才展開，你不就不能及時看到了嗎？」

伊諾撓撓腦袋，他似乎無法理解這樣費腦筋思考的事。他喃喃自語地推測：「如果他把牛皮紙拿到未來時空才展開，那麼只可以看到已發生事物的我⋯⋯在現在這時空，由於艾密斯團長不是在已發生的時空展開牛皮紙⋯⋯嗯，對啊！大公爵！我好像真的沒辦法看到牛皮紙內寫的是什麼！」

伊諾急急向大公爵報備。

「你終於明白自己的局限了，不錯，不錯！」艾密斯團長不禁鼓掌讚許伊諾。

「你別誇大自己的力量了！就算你去到未來時空展開牛皮紙，還不是得回來這時空告知那兩個小孩？」大公爵馬上破解了艾密斯團長的說辭。

伊諾這才恍然大悟，打了一下自己的後腦勺說：「對啊！只要你對小孩說，我就能聽到你們要找的是什麼東西！」

「我當然有辦法。」艾密斯團長緩緩說道，「如果我小聲說，伊諾，你能百分之百擔保、確定能聽清楚嗎？」

艾密斯團長挑戰地望着伊諾。

伊諾頓時顯得心虛，尤其最近偶爾受看不清楚過去

所發生事物困擾的他，在艾密斯團長的質問下更沒有信心了。

「哼！如果可以這麼做，你何不一早就這樣做？別以為我不知道時空跳躍有它的局限，耗費的精力可不比尋常。你根本不可能任意來去各個時空，別誇大自己的能力了！」大公爵瞇起了眼睛，他似乎已經看透了艾密斯的企圖，「說到底，你就是想拖延時間吧？」

艾密斯團長低着頭，握着手杖的手稍微加緊了力度，似乎在想些什麼。半晌，他嘴唇動了動，依稀可聽到他在說：「到了。」

然後他目光直視大公爵，道：「你說得對極了！我呢，其實就是不想讓你們帶走小禹背包內的記憶蛋！」

說着，艾密斯團長拎起手上的杖子戳一下牆壁，借力往上一躍，跳上了高牆。他站在高牆上露出一口白齒，宣布道：「時空縫隙下一秒就關了，各位，掰！」

說着他縱身躍下，大公爵及伊諾立即費力爬上高牆，大塊頭的伊諾先翻上牆，再拉扯大公爵上去，原來高牆後就是時空縫隙！

兩人聽見艾密斯團長在時空縫隙內留下的殘音：「不怕力量消失就繼續待在這個世界吧……」

伊諾一聽力量會消失，害怕得想也不想就拉着大公爵跳進時空縫隙中了。時空旋渦正好緊閉，然後消失，空氣中還隱約迴蕩着的一句「笨蛋……」。

　　龍貓跳上高牆看到眼前發生的事，感到頭昏腦脹，有點難消化。

　　他轉過頭準備去看小禹，誰知巷子的另一面牆竟現出個陰影！

　　龍貓嚇得藏在巷子內的木桶裏，凝視眼前的一切。只見那陰影越來越大，像個旋渦般凹陷於牆內，緊接着，剛才掉入時空縫隙的艾密斯團長竟彈了出來！

　　「你怎麼又回來了？」龍貓不解地問。

　　艾密斯團長沒理會龍貓，他過去抱起小禹，問龍貓：「小希呢？帶我去找她。」

　　龍貓自知無法跟艾密斯團長溝通，唯有帶領團長去找小希。

14 真正的強者

當艾密斯團長與龍貓來到河堤邊時，小希已拔出膝蓋上的利針。她腳上的麻醉效果剛過，崴着腳站起來，說：「小禹！艾密斯團長！」

艾密斯團長將背上的小禹小心地放在草地上，這時的龍貓唧唧叫着跑到軟鍵盤前輸入：「他就是艾密斯團長？」

「是啊！」小希回說。

「原來就是你！你害我變成龍貓，還不快點把我變回來？」龍貓輸入完，氣憤地瞪着艾密斯團長。

「只要完成任務，自然會變回來。」

「不！我最討厭人家逼我做事，為什麼偏偏是我？快說！」

艾密斯團長呵口氣，說：「這……當然是有特別的含義，你到現在還沒有領悟過來嗎？」

「領悟個屁！就算我是十惡不赦的壞人，也不能隨意把我變成龍貓！」龍貓氣得直跳腳。

艾密斯團長一副事不關己的樣子，說：「這並不是我能決定的事，你向我發脾氣也沒用。」

看着艾密斯團長冷漠的表情，一旁的小希想起上一回她和俊樂遇到難解的問題時，艾密斯團長也是這副漠不關心，把任務丟給他們後就完全不理的樣子，她不禁有點同情龍貓。

她突然記起艾密斯團長曾對他們解釋找到老人的原因，於是嘗試問道：「艾密斯團長，你之前不是跟我說過，因為龍貓的氣場跟比華利大戲院的創辦人完全相反，所以才會找到他嗎？」

「那只是其中一個因素，還有許多我們不能理解的因素。」

「什麼因素？」小希十分好奇。

「反正就是你我都無法理解和決定的因素，你就別問了吧！窮追不捨並沒有辦法解決問題。」

小希慨然頷首，她明白繼續追問也無法問出所以然。這就是艾密斯團長的作風吧！經過這些天與艾密斯團長的交流與相處，她知道對於某些問題，艾密斯團長絕對不會給出答案。

惟龍貓並不能理解艾密斯團長的做法，他憤恨地輸入：「你！做了壞事什麼都不理也不解釋，怎麼可以這樣不負責任？」

艾密斯團長笑眯眯地說：「接受事實吧！已經發生的事無法改變，你不如想想怎麼做才能恢復原狀吧！而且，你沒發現你現在跟以前有什麼不同嗎？你不會這麼

遲鈍吧？」

龍貓頓了一下，寫道：「我當然知道！我現在比以前有活力，睡着了也能馬上彈起來，食量也大，還有個奇怪的能力——識別謊言，可是——」

「那就是了。既然你擁有了以前所沒有的特殊力量，何不好好應用這些力量來助人呢？幫助別人多美好啊！」

「幫助別人有什麼好？況且我為什麼要幫助跟我完全沒有關係的人？」

「小禹跟你完全沒有關係嗎？」

龍貓猶豫一下，輸入道：「他只是我的鄰居。」

「那就有關係了啊！你沒聽過嗎？有能力幫助別人，才是真正的強者。」

「呸！我才不要做什麼強者！我要安安穩穩地過日子！快把我變回來！」

「變回什麼都不理，每天在懊悔中度日，只懂得回憶小時候風光無限的你？啊！對了，還有——」艾密斯團長挑了挑眉，説，「為了搶奪演唱機會而出賣朋友的你。」

龍貓睜大了眼，腦海浮現當年為了取得演唱機會而將朋友灌醉，以致不能出席演唱會的事。雖然那朋友為演出詆毀他在先，但那始終是件令他羞愧的事，想不到艾密斯團長居然曉得他最不想記起的劣跡。

龍貓羞愧不已，快速拍擊鍵盤：「你怎麼會知道這些？你到底是什麼人？」

「我啊……唉，懶得跟你說明。總之，你現在是識謊之靈，有義務幫助比華利大戲院的人們和世界。等你完成所有任務之後，自然就會恢復原來的樣子。」

龍貓還想要寫些什麼，但他放在鍵盤上的小手卻僵在那兒，似乎已理解到自己的處境。如今他只有一個辦法可以恢復人身，那就是聽從艾密斯團長的話，完成他交付的任務。明白了這點之後，龍貓突然覺得接受事實、面對現實好像也沒那麼難。

「只要我幫你們完成任務，就會恢復成原來的樣子，是不是？」龍貓輸入道。

「當然，如果我說謊，你不是可以辨識出來嗎？」

龍貓想想也對，就不再說什麼。

「誰在說話啊？」這時，一道稚嫩的聲音在他們身後響起。

原來小禹已經恢復了意識！他從草地坐起，擦擦眼睛，問道：「這是哪裏？」

「小禹，我是小希，記得嗎？」小希回說。

小禹看看小希，想了想，說：「嗯！記得。」

接着他往四周探視，似乎有點着急，趕緊爬起身，說：「阿弟呢？還有永哥呢？」

「他們就在附近的公園，我會帶你去找他們。不過

在這之前，要請你借出記憶蛋給艾密斯團長。」

「不，那可是我的寶物！」小禹馬上防備地撫着背包。

艾密斯團長這時開口了：「小禹你好，我是艾密斯團長。你知道嗎？記憶蛋是特別的寶物，它能幫助一位老人家記起怎麼操作放映機，放映電影給大家看呢！」

「放電影給大家看？」小禹盯着一身奇服華衣，戴着頂別致獵鹿帽的艾密斯團長，臉上滿是驚奇。

「對啊！你喜不喜歡看電影？」

小禹馬上用力點頭。他想起從前爸爸在家的時候，帶他和媽媽去戲院看電影時的歡樂時光。

小禹開心說道：「喜歡！我最喜歡看那個《憨豆先生》了！爸爸帶過我和媽咪去戲院看，很好看又很好笑！戲院裏的人笑得很大聲，不過還沒有我和爸爸大聲呢！」說到這兒，小禹突然想到什麼，黯然低下頭說，「可是，後來我沒有再去戲院看電影了……」

「那你一定明白沒法看電影是多麼不好受的事，對不對？」

小禹落寞地點了一下頭。

「要是沒有記憶蛋，那位老人家不願意操作放映機，大夥兒就沒法看電影了！」

小禹顯得很慌張，急急地說：「不！他不可以這樣！」

「可是他現在已經不記得自己很喜歡放映電影給大家看了，只有記憶蛋能喚醒他真正的感覺。」

「那……只要我給你們這……記憶蛋，他就可以放電影給大家看了嗎？」

「對啊！」

小禹想了想，將背包翻到跟前，打開拉鏈，取出他最珍貴的扭蛋，依依不捨地凝視一眼，然後爽快地遞給艾密斯團長。

「那就給你吧！艾什麼什麼團長。」小禹說。

「小禹，這可是你的寶貝哦！你真捨得給別人？」小希趕忙說。

「嗯！」小禹用力地點頭，道，「如果我的寶貝可以讓大家開心，我可以把它捐出去。媽媽說過，讓人家開心是很厲害的人才能做到的事。」

「你媽咪說得真對！」

艾密斯團長說着，接過記憶蛋，把它打開來，驚喜地欣賞着那萬花筒內的絢麗世界。

小希也忍不住湊過來要艾密斯團長讓她欣賞，看完後又是讚歎又是感動，說：「小禹，你的記憶蛋好漂亮啊！」

「是啊！這是我爸爸買給我的禮物！他特地從外國買回來的哦！」

「小禹的爸爸真棒！」小希由衷地羨慕，因為記憶

中她的父親並沒有送過任何禮物給她。

「對啊！我爸爸是最棒的！就算全世界的人都說他做了壞事，我仍然覺得他是最好的爸爸！他一定不是壞人！」

小希原本想指正小禹，說即使是爸爸，做了壞事就是做了，不能因為他是爸爸而包庇那些錯誤。但當她看到小禹那深邃而極富情感的眼神，她遲疑了。愛一個人有時候是會不顧一切、有所偏頗的吧？小禹如此疼愛父親，小希反而不忍心對他說教了。

艾密斯團長取出懷錶，看了看時間，神色慌張地說：「我得走了，這一次完全是因為罕有的連續時空縫隙的時機，才有機會擺脫亞肯德大公爵和伊諾，下回可沒這麼幸運了。」

「什麼是連續時空縫隙？」小希問。

「就是時空縫隙在短短幾秒內再度重啟的情況。通常這樣的情況只有當宇宙蟲洞交疊在一起的時候，加上附近正好有宇宙旋風及時間氣流干擾下……」

艾密斯團長看到小希一副丈八金剛摸不着頭腦的模樣，呵呵笑了兩聲，說：「有些事解釋了比沒解釋還糟，還是不說為妙。總之，就因為連續時空縫隙出現，我才能輕易地救回小禹。」

他的目光轉向小禹，說：「小禹，你很善良，而且很懂事。不過，你其實不需要太懂事。明白我的意思

嗎？」

小禹聽到艾密斯團長這麼說，鼻頭不禁一酸。自從父母都發生狀況後，他一直獨自承受困難，小小年紀的他總是武裝起自己，讓自己看起來很懂事的樣子。現在聽到有人說他不需要太懂事，那裝起來的外殼一下就被擊破了。

他其實很多事都不懂，他其實好想找個大人來倚靠啊！

小禹眼眶帶點濕潤地看着艾密斯團長，說：「艾什麼什麼團長，我……可不可以跟你走？」

艾密斯團長瞪大了眼，隨即露出難得慈愛的眼神，說：「小禹，你會找到真正適合你居住的地方。」

「那是哪裏？」小禹問。

「哎呀！再會了！再不走我可就麻煩了！掰！」

艾密斯團長說着整理好衣襟，戴正帽子，如一陣風般翩翩離去，留下小希、龍貓及一臉驚歎的小禹。

＊　　　　＊　　　　＊

這邊廂，俊樂、祖銘及永哥在小希家前面的小公園一棵大樹後方「埋伏」了許久，遲遲未見大公爵他們的蹤影。

俊樂甚至打起瞌睡來，但馬上被祖銘拍醒。祖銘懷疑地問道：「你確定他們真的會來這裏？」

俊樂伸伸懶腰，說：「唉！我也不知道，是小希要

我來的嘛!」

　　祖銘對俊樂翻了個白眼,看來他一開始決定要跟隨俊樂就是個錯誤。

　　「我回去了!」

　　「什麼?你不理小禹了?」

　　「不是不理,我覺得報警比較實際。」

　　「什麼?報警?」

　　一旁的永哥聽到報警眉頭皺了一下,但祖銘和俊樂並沒有發現他的異樣。

　　「對啊!一個小孩光天化日之下被拐帶,不馬上報警還跟你們一道玩起警匪遊戲?唉!我真的是傻了!」

　　「不!不能報警?」俊樂慌忙說道。

　　「為什麼?」

　　「因為……因為……」俊樂吞吐起來,他真的不知道怎麼跟祖銘解釋。因為拐走小禹的人不是這世界的人,而是立體書世界中的人物啊!

　　這時他們身後有道聲音響起:「因為我們已經找回小禹啦!」

　　俊樂往後一瞧,見到小希帶着小禹回來了,鬆了一大口氣,開心喚道:「小希!你怎麼那麼久啊?」

　　「呃,有點事情耽擱了。」

　　「小禹!你沒事吧?」祖銘過去將小禹拉過來,關心問道。

「嗯，我很好啊！」小禹精神奕奕地説。

「你是怎麼從那些拐帶你的人手中逃出來？」

「因為艾什麼什麼團長啊！他戴着像偵探一樣的帽子，好神氣呢！」

「咦？他是偵探？」祖銘撓着頭，一臉錯愕。

「不是，我是説他戴着像偵探一樣的帽子，不是偵探！」小禹指正祖銘道。

「他到底是誰？」祖銘追問道。

「他就是他啊！」小禹天真地回説。

小希為免祖銘繼續追問，趕忙説：「最重要小禹沒事呢！哎呀，已經七點多了？我們該回家了！小禹也餓了，對吧？」

「嗯！小禹好餓好餓！」小禹忙不迭地點頭。

「不怕，爸爸的檔口有很多雞飯可以給你吃！」

「雞飯？我最喜歡吃雞飯了！快走吧，阿弟！」小禹一聽有雞飯吃，兩眼瞪得老大，興奮地跳了起來。

祖銘正要帶小禹離去，猛然記起永哥，但環顧四周，都不見永哥的蹤影。他驚愕地問道：「永哥什麼時候走了？」

小希和俊樂對視一眼，聳聳肩表示不知情。

「他不會就這樣離開了吧？」祖銘擔憂地説。

「不怕，我們不是已經知道他會去哪裏了嗎？」小希説。

「説的也是。那我們明天學校見吧！」

說着祖銘、小希與俊樂就此分道揚鑣。

15 遺忘

　　小希往家的方向走去。從公園到她的家距離很近，不超過一公里，但就這麼短的距離，夜幕卻驟然降臨，像劇場舞台突然給換上了黑夜的布幕。

　　大地被黑暗完全侵襲，小希不期然加快了腳步。不一會兒，她看到熟悉的家。意外的是，家裏客廳的窗口少有地散射出柔和的昏黃光芒。小希有點驚訝，因為平時都在工作室趕工的母親極少在這時間步出客廳，她更是許久未曾與媽咪共進晚餐。

　　小希疾步跑去，還未進門，就聞到一股稀有的香氣。

　　「嘩！西班牙烤雞！」

　　小希脫下鞋子，連跑帶跳地衝進家裏。

　　「媽咪！」小希喚道，然後對眼前所看到的感到目瞪口呆。

　　「媽咪……這是……」

　　眼前是一桌華麗的菜餚，有西班牙烤雞、菜脯肉碎豆腐、紅燒獅子頭、蒸水蛋、紫菜湯，加上一大碗馬鈴薯泥蔬菜沙拉，全是小希喜愛的菜餚呢！

只見徐堯笑眯眯地看着小希，説：「今天是媽咪生日！為了幫自己慶祝，我煮了所有你愛吃的菜。怎麼樣？是不是有點感動？」

小希張大了嘴哀鳴一聲，接着她懊悔不已地説：「對不起，媽咪，我竟然忘記了。」

「沒關係啊！我也常忘記自己的生日。來，菜涼了就不好吃！」

徐堯趕緊拉着小希坐下。小希卸下背包剛坐好，看到眼前的飯碗，隨口説：「媽咪，這是給——」

話未説完小希突然打住，神色顯得有點不自然，隨即轉而問道：「還有其他人要來嗎？」

「其他人？沒有啊！這是屬於我們母女倆的『燭光晚餐』，當然不會叫其他人來！」徐堯笑意滿滿地説。

「那麼這是誰的飯？」小希指着桌上多出來的一大碗白飯，問道。

「咦——」徐堯盯着那堆得像座小山一樣高的白飯，發出長長的疑問，「誰會吃那麼大碗飯？」

徐堯皺緊了眉頭，喃喃地説：「我們的飯量都很小啊……到底是舀給誰的呢？」

小希見母親如此認真地陷入思考，趕緊扯開話題説：「哎呀！好餓啊！我要開動了！」

説着小希夾了顆獅子頭，一口放進嘴裏，語音模糊地説：「嗯！『嗷嗷騎』（好好吃）！」

「真的？呵！太久沒煮了，好吃就好！」徐堯欣慰地笑了，隨即也開動用餐。

此時小希身旁的背包突然劇烈扭動，這才想起忘了「解放」龍貓。她趕緊打開背包，對媽咪說：「媽咪，我先把龍貓放回牠的窩。」

徐堯原本想問小希「學校允許帶寵物嗎？」，隨即又無所謂地說：「好吧！你快一點，吃完了媽咪還要趕工。」

小希對媽咪比了個OK手勢，就拎起背包火速跑進房間。

「呼！你是故意要悶死我嗎？」龍貓一出來，就在軟鍵盤氣憤輸入。

「對不起，對不起。我真的是不小心忘了你的存在！」小希滿是歉疚地雙手合十道歉。

「呼！算了！我大人不記小人過——」

龍貓輸入到一半，突然晃神於鍵盤上，一動不動。

「喂喂？」小希在龍貓面前晃晃手。

見龍貓沒動靜，她伸出手指戳了戳他。誰知龍貓縮起肩膀抖了一下，僵着身體往側邊傾覆……眼看頭部就要着地時，幸好小希及時用雙手環抱住他！

龍貓定一定神，迅速在軟鍵盤敲擊：「你們在說謊！」

「咦？」小希一臉迷茫，「說謊？」

「對！你和媽咪都在說謊！」龍貓迅速輸入。

「我們為什麼要說謊？」

「我怎麼知道你們為什麼要說謊？」

「那我們說了什麼謊？你應該知道吧？你不是識謊之靈嗎？」

小希斜睨龍貓，似乎在質疑龍貓的特殊力量。

「這……我不知道。每次我感受到謊言的時候，腦海會看見事情的真實面貌，比如看到立體書裏面人們的真實情緒，看到大公爵施行幻術的真相，但剛才……」

「剛才怎麼樣？」

「我腦海出現了奇怪的畫面。」

「什麼奇怪畫面？」

「我看到你們跟另一個人一塊兒吃飯。」

「另一個人？誰？」小希緊張問道。

「我看不清楚，只知道是個男的。」

「男的？」

「總之每次我腦海裏閃過一些畫面，就表示有人說謊。」龍貓頓了一下，繼續輸入，「一定是你們剛才說沒有其他人來吃飯是個謊言，因此我才會看到某個人跟你們一塊兒吃飯的畫面。」

「本來就沒有其他人會來吃飯啊！你不是看到了嗎？」

龍貓沒有回應，他似乎也想不透。

　　「真相就擺在眼前，明明就沒有人跟我們一起吃飯。所以說，我和媽咪並沒有說謊。」

　　龍貓杵在那兒思索。片刻，他突然想到了什麼，急急輸入：「眼睛所見未必是真相。」

　　「那真相是什麼？」小希咄咄逼人地問道。

　　「真相是，你們原本應該跟那個人一起吃飯才對！」

　　看到龍貓的文字，小希一下愣住了。

　　「你快想想，原本應該跟你們一塊兒吃飯的人是誰？」龍貓追問道。

　　「原本應該跟我們一塊兒吃飯的人……」

　　小希駭然一驚，跑去飯廳問徐堯道：「媽咪，這碗飯是不是盛給爸爸的？」

　　徐堯看着小希，腦中某根神經線被挑動了。她猛然記起丈夫以前飯量很大，還有一家人圍坐着吃飯的回憶。那記憶似遠還近，好像是久遠年代發生的事，但又像昨天才發生一樣。

　　這樣的感覺很奇妙，徐堯覺得自己處於一個奇異空間。那空間能穿透過去與現在，將以前發生的事與現狀混淆，甚至連結起來。

　　徐堯喃喃念道：「為什麼我會不自覺地盛飯給他？他不是很久以前就離開我們了嗎？」

　　「對啊？為什麼？」小希問。

「讓我想想⋯⋯我方才做飯的時候心裏確實感覺到你爸爸在家，所以才做多了飯。」

徐堯過去打開飯鍋，發現鍋內的飯果然還剩下許多。

小希皺緊了眉頭，回想自己的反應：「我一開始看到多了一碗飯時，心裏也馬上想到這碗飯是盛給爸爸的⋯⋯但爸爸不在我們身邊很久了啊！我為什麼會理所當然地認為這碗飯是盛給他的呢？」

小希歪着頭捂着下巴，做出一貫思考時的動作。

「照這樣想，應該是我和媽咪下意識所想的才是謊言。因為爸爸事實上並不在我們身邊，可是，龍貓為什麼說我們在說謊呢？他看到的真相到底意味着什麼？」

「小希，我有一種感覺。」徐堯慎重地拉着小希的手，說，「我覺得你爸爸一直跟我們在一起。這樣講好像靈異事件，就似是爸爸離開了這世界，而靈魂還跟我們在一起，但事實並不是這樣。我真的感覺他就在我們身邊！只是我們被這個——呃，怎麼說呢？」

徐堯伸出手，摸了摸身旁的桌子、椅子，然後說：「我們也許被這個世界迷惑了⋯⋯這世界好像有一股神秘的力量，讓我們沒辦法看到他，甚至把他跟我們在一起的記憶都抹去。你知道嗎？媽咪連怎麼跟你爸爸認識，還有為什麼他會離開我們也完全沒有記憶⋯⋯」

小希仔細咀嚼母親的話語，似乎有點明白過來。她

想起最近跟俊樂提到爸爸時的感受，真的就如母親所說，像被這世界迷惑而失去了對父親的所有記憶，但她在無意間又對父親的一些行為或話語有印象，惟所記得的只是片斷或模糊又無法確定的回憶。

「為什麼會這樣？我們為什麼會沒有了對爸爸的記憶？我們是……故意忘記爸爸？」

徐堯難過地低下頭，道：「嗯，我越去想就越想不起來，好像特意要遺忘或消除掉跟你爸爸有關的所有記憶……為什麼會這樣？」

小希覺得事有蹊蹺，她感覺有一團濃厚的迷霧包覆着他們的家，而且很離奇，不像人類世界發生的事。啊！她和母親遺忘父親的事會不會跟她幫助立體書世界的人有關呢？

小希心底打定主意，勢必要查清這件事的來龍去脈，畢竟這可是攸關他們家的大事啊！

再者，母親在她心目中向來是個樂天、富有創意與熱情的大人，她可不願意母親陷入苦惱的情緒當中。

小希望向難得一臉愁容的母親。

「得趕緊讓媽咪快樂起來。」

她決定明天見到艾密斯團長時一定要當面向他問個清楚。

171

16 活在自己世界的少年

　　隔天放學途中，小希對俊樂說了自己家裏的謎團。

　　「你是說，你和你媽咪是故意忘記你爸爸？」

　　「嗯。」

　　「為什麼要故意忘記呢？」

　　「這就是我不明白的地方。」

　　俊樂眼睛瞇起來想了想，試着整理思緒：「龍貓說你們在說謊，因為他看到你爸爸跟你們一起吃飯，所以你爸爸跟你們一起吃飯才是真實的事。可是事實上你們並沒有跟你爸爸一起吃飯⋯⋯所以⋯⋯沒有跟爸爸一起吃飯才是真實的事⋯⋯啊！不行不行！太複雜了！我想到頭都要爆炸了！到底一起吃飯是謊言，還是沒有一起吃飯是謊言啊？」

　　龍貓這時從小希的背包跳出來，小希配合地取出軟鍵盤，龍貓立時在軟鍵盤輸入道：「笨蛋！當然是沒有一起吃飯才是謊言！」

　　「可是小希她爸爸明明就不在啊！」

　　「你是不相信識謊之靈嗎？」龍貓昂高了頭，對別人挑戰他的特殊力量感到不悅。他現在對自己的特殊力

量已經習以為常，甚至可以說有點兒自滿。

俊樂正要反駁時，耳邊傳來一陣他許久未聽過卻又異常熟悉的樂音，他脫口而出道：「蓋希文的《藍色幻想曲》！」

蓋希文的《藍色幻想曲》正是俊樂第一次碰見艾密斯團長時聽到的音樂！

小希與龍貓沒明白過來，莫名地看着俊樂。俊樂還未來得及說明，就急急跑向聲音傳來的方向。

跑了一段路，俊樂看到一輛畫着奇怪圖案的白色卡車，他加快腳步衝上去喚道：「艾密斯團長！」

卡車內的人並沒聽見俊樂的叫喚，依舊向前駛去，俊樂只好抬起腳奮力追趕。

剛追上俊樂的小希和龍貓還未歇息，又加緊腳步跟上俊樂。

卡車駛過幾個街口，來到一條長長的步道。這步道是城中少有的公園步道，圍繞着城中最古老同時也是腹地最大的湖濱公園。

卡車每每經過步道路口時都停頓一會兒，但總在俊樂追上前又啟動了車子。俊樂與小希就這般追趕了好半天，追得氣喘吁吁、狼狽不堪。

當卡車終於停下來的時候，他們已來到公園內某處大樹環繞的地方。

小希上氣不接下氣地問道：「俊樂，我們到底在追

什麼？」

「我……我……我……」俊樂喘極回不到話。

這時卡車上跳下了一人，那人見到他們，驚訝地說：「你們怎麼會在這裏？」

小希望向俊樂，說：「原來我們在追艾密斯團長？」

俊樂點點頭，緩口氣道：「我第一次遇見艾密斯團長時，他就是駕駛這輛圖案奇特的白色卡車。」

小希正疑惑艾密斯團長這回怎麼不是直接來找他們，艾密斯團長卻說：「時間緊急，所以我就駕這輛平時用來載送郵件的卡車來了。我來找一個人！」

說着艾密斯團長走向前方的一棵大樹，那兒有位少年趴在草地上，似乎在觀察着什麼東西。

「嗨，你好。你在看什麼或是找什麼？」艾密斯團長問。

少年沒有抬起頭，他極不自然地爬坐起來，轉過頭並環抱雙手於胸前，一副拒人於千里之外的模樣。

俊樂撲哧偷笑，低聲對小希說：「尷尬了，想不到艾密斯團長也會有吃關門羹的時候。」

小希也笑了，她更正俊樂道：「是閉門羹。」

「你在看甲蟲？」艾密斯團長發現樹根上爬着幾隻小甲蟲，便問少年。

少年聽到「甲蟲」，似乎有了點反應。他微微側過頭，語音模糊地應了一聲。

艾密斯團長知道少年對甲蟲有興趣，順勢問道：「甲蟲看起來好威風，牠的殼是不是非常堅硬？」

少年再把頭側過些，微微開啟嘴唇。半晌，他終於啟齒。

「甲蟲的殼非常堅硬。有一種甲蟲叫做鐵錠甲蟲，牠的殼連汽車都碾壓不了。」少年話匣子一開就停不住，「甲蟲的殼雖然堅硬，但牠並不是與生俱來就有殼，很多人不知道甲蟲的殼是什麼變成的。」

艾密斯團長饒有興趣地問道：「那到底是什麼變成的？」

「甲蟲的殼是前翅退化而成，形成了堅硬的鞘翅。

鞘翅就是所謂的甲殼，甲殼雖然失去了飛行能力，卻是最堅硬的外殼。它除了可以保護甲蟲的後翅及身體不受傷害，還可以起到迷惑敵人的功效。牠們的殼有不同圖案及顏色，有條紋狀的，有金黃色的……」

少年簡直是行走的科普知識百科，一說起甲蟲就喋喋不休，但他依舊不敢直視艾密斯團長的眼睛。他的視線定於樹幹上，好像在跟大樹對話呢。

這時一位婦女急急走來，神色戒備地問艾密斯團長：「請問你是誰？」

「哦，你好。我們在幫助陷入困境的人，想請這位少年幫我們一個忙。」

「你們是做慈善的？」婦女問。

「也可以這麼說。」

俊樂和小希聽到團長的說辭，對視一下，吐吐舌頭。

婦女知道是做善事，稍稍放寬了心，說：「我孩子不習慣跟人溝通，不知道能幫到你們什麼？」

「你孩子是星兒*，對嗎？」

婦女靦腆地頷首，大概對孩子是星兒這件事有些介懷。

＊自閉症患者因思維模式與常人不同，彷彿從另一星球遠道而來，因而有「星兒」這個美麗的別稱。

「我們這一項任務只有星兒能做到。他們擁有很特殊的天賦，你也知道的，對嗎？」

婦女聽到這裏，已完全放下對艾密斯團長的戒備。再也沒有人比她更了解自己孩子擁有的特殊天賦。

「如果可以的話，我想請他跟我們走一趟。只需要一個小時左右，可以嗎？」

婦女看了看艾密斯團長與小希他們，仍有些顧慮。

這時少年開口道：「我想跟他們一起。我想做任務。」

婦女頗訝異，這孩子鮮少對外人如此熱情。她看着孩子的時候，孩子並沒看她，而是專注地望着地上，婦女神色顯得有些黯然。

少年又說：「我想做任務。」

婦女決定放手讓孩子做他想做的事，她歎口氣道：「那就一個小時，我會在公園前面的巴士車站等候。」

「請放心，我們保證安全地把你孩子送到車站。」

婦女不放心地望着孩子，孩子依舊不領情，低頭注視攀爬於盤纏樹根上的甲蟲。她露出覥腆的苦笑，說：「請你們照顧他。」

婦女離去後，小希趕緊問道：「艾密斯團長，到底要執行什麼任務，為何需要——」

小希望一眼似乎活在自己世界的少年，說：「他的幫忙？」

「其實我也不清楚，是智慧長者桑納西絲讓我趕來公園尋找一名自閉症少年。因此我就先趕到這裏，本來打算帶着他去找你們，不過現在可省下時間啦！」說着艾密斯團長從衣袋取出一張牛皮紙，交給小希。

龍貓這時迫不及待地跳出來，搶走了紙條。他用盡力氣呼一大口氣，把牛皮紙展開來，大夥兒立時迎上前去，只見牛皮紙上寫着：「畫出圖畫的小仙子。」

「這是什麼鬼任務？」俊樂不禁怪叫。

「什麼是畫出圖畫的小仙子？」小希困惑地看着艾密斯團長，艾密斯團長那戴着白手套的手指卻指向頭部，意思是要小希自己思考吧！

小希歎口氣，道：「看來，只能請龍貓，還有這位少年來幫我們解開了。」

艾密斯團長笑了笑，說：「那我就先告辭了。」

「不是吧？你就這樣一走了之？什麼提示都不給我們？」龍貓不忿寫道。

「我的任務只是將少年帶到你們面前，而且我自己還有一堆事……呃，那就這樣。掰！」

艾密斯團長行色匆匆地走向卡車，似乎趕着上哪兒去。

眾人目送艾密斯團長駕駛畫風詭異的卡車遠去，《藍色幻想曲》也逐漸消褪。

178

17 「路痴」湯姆與畫出圖畫的小仙子

「為什麼艾密斯團長要把音樂開那麼大聲啊？是特意要讓大家知道他來了嗎？這輛卡車有什麼用途？艾密斯團長不是在馬戲團駕駛馬車而已嗎？」俊樂發出一連串疑問。

對於俊樂的連串疑問，小希一個都沒辦法解答。

小希望向少年，少年不自然地別過頭去，繼續看甲蟲。小希轉而問龍貓：「你有什麼想法嗎？」

「什麼『什麼想法』？」龍貓輸入道。

少年原本注視甲蟲的眼睛看了過來，斜睨龍貓及平板電腦上的文字，但隨即又面無表情。對於龍貓會寫字來與小希溝通，他似乎並不感到驚奇。或許在他的世界，與動物或昆蟲溝通並不是件難以想像的事。

「就是關於任務的任何想法，比如去哪裏找？小仙子又是什麼？」小希説。

龍貓認真地思考了一下，繼而晃了晃頭，他確實一點兒想法都沒有。

這時俊樂眼珠突然睜大，敲了個響指，説：「《比華利大戲院》！」

「噢！對啊！我竟然把這麼重要的線索忘了！」小希懊喪着，趕緊從背包內取出立體書。

她翻至第四跨頁，比華利大戲院錯綜複雜的迴廊場景呈現眼前！

龍貓看着眼前的立體書場景，許久以前的回憶突然被勾起。

「好華麗的走道！太夢幻了！跟我以前登台的劇院有點相似。」龍貓眼神濕潤地輸入道。他想起年幼時曾登上一個很大的舞台唱歌，當時心情異常緊張又振奮的他從後台走向舞台時，還因此而迷路呢！

「別吹牛了，你有走過這麼華麗的走道？想騙誰啊？」

「哼！無知小輩，懶得跟你說。」

「不是要找線索嗎？看看書上寫了什麼吧！」小希說着，念了起來，「比華利大戲院的劇場由著名的建築師所設計，他設計的劇場走道分成二十八個入口，樓上二十個，樓下八個。其中樓上又分為首席包廂、特級包廂及家庭包廂，有特別的專用走道抵達包廂，帶位員必須擁有極好的位置感和方向感，否則極易帶錯位子或走錯包廂。」

「我曾經迷路過，特別明白這種複雜的劇場走道不是一般人能帶好位子的。」龍貓感同身受地領首，寫道。

　　「我從來沒見過這麼複雜的走道，我就不信你表演的劇院有這種走道。啊！搞不好只有一條走道。一條走道還會迷路，你應該是路痴吧？」俊樂忍不住吐槽。難得逮到機會可以酸一酸傲慢的龍貓，他可不願意放過這樣的機會。

　　「你！真是無知的屁孩，我看你連小小的劇院都沒去過，敢在這裏大放厥詞！」

　　俊樂正想要反駁時，少年竟上前一步，走到小希身旁將立體書的內文按着念道：「帶位員湯姆是個具有特殊位置感的少年。患上孤獨症的他因為彼得的賞識，對這項工作勝任有餘。除了準確地帶領顧客們來到座位，他溫文有禮的態度也獲得大家的一致好評呢！」

　　大夥兒望向其中一條華麗走道，那兒有位穿着體面制服的男子文質彬彬地帶領一家四口來到所屬包廂，但裏頭竟是特級包廂的大人物。大人物為此極度不悅，嘴角下垂，而那一家四口的其中一個孩子更因此哭鬧起來。其他包廂的人也因為錯誤的座位爭執不休，整個劇場陷入一片混亂。劇場裏還有人因為找不着廁所而急得團團轉，甚至有人迷路了，困在走道中走不出來。

　　「這個穿制服的一定就是帶位員湯姆，這裏寫湯姆患有孤獨症。」俊樂說，「孤獨症是什麼？他很怕一個人？還是喜歡孤獨一個人？」

　　「孤獨症又稱自閉症。」少年馬上又發揮科普百科

的作用，解釋道。

大夥兒恍然大悟。

「那你一定很了解他了。」俊樂説，「因為你跟他一樣有自閉症啊！」

「不。自閉症分成幾種，依每個人的病徵還分為高功能及低功能自閉症，而且每個人的情況都不盡相同，有着各種細微差別。我跟湯姆雖然都有自閉症，但絕對不可能一模一樣，所以我不了解他。」

「哦……」俊樂大動作地點了點頭，一副似懂非懂的樣子。

小希為免少年尷尬，趕緊碰了碰俊樂，暗示他別再問自閉症的事。

誰知俊樂隨即又問：「所以你跟湯姆是不一樣的自閉症？哪裏不一樣——」

「現在最重要是整個劇場似乎陷入了一片混亂當中！」小希直接打斷俊樂，望向龍貓，問道，「這劇場為什麼這麼亂？到底是怎麼一回事？湯姆不是具有特殊的位置感嗎？」

龍貓此時似乎已辨識到謊言，他趕緊輸入道：「我看到湯姆帶着那家人抵達正確的包廂，這立體書呈現的畫面是假的！」

「不！不是假的，立體書裏頭的人們現在的確是陷入混亂中！」小希正色説道，「之前艾密斯團長説過

了，胖子大公爵對這本立體書施行了特殊的顛倒術。所以原本具有優越位置感的湯姆，現在變得沒有位置感，完全不會認路了！」

「噢，怪不得造成這麼混亂的局面。原來湯姆變成路痴了！」俊樂感歎道。

「那就是説，我看到的是原本應該呈現的畫面？」龍貓寫道。

「嗯，就像你看到我父親原本應該跟我們一塊兒吃飯的畫面一樣。你不只能識別謊言，還能識別被擾亂的次序，看到事情本來的樣子。」

小希現在非常篤定地相信她和媽咪忘記父親的事與立體書世界有關。

這時少年露出擔憂的樣子，道：「湯姆是星兒。他害怕。他很害怕。」

「別擔心，湯姆沒事的。只要我們找到『畫出圖畫的小仙子』，一定可以讓湯姆的特殊位置感恢復過來！」小希説。

「但是什麼才是畫出圖畫的小仙子？去哪裏找？」俊樂問。

他們再次回到原點了。看過立體書後，大夥兒對這次的任務還是完全沒有頭緒啊！

眾人面面相覷，呆滯地杵在那兒。時間在這酷熱的午後似乎停頓了，大夥兒腦袋裏空蕩一片，只感受到太

陽用那熱情又猛烈的溫度招呼他們，而少年依舊不理會周遭事物，專注於自己喜愛的蟲兒世界。

遠方樹影婆娑，沙沙聲忽大忽小，接着毫無預兆下有一陣大風「呼」地颳向他們，小希的劉海瞬間被吹提上來，眼睛無法睜開。

「怎麼突然颳這麼大風？」俊樂瞇着眼撥了撥亂髮說。

少年抬頭望向被風吹落而隨風起舞的凌亂樹葉，突然睜大了眼。大夥兒隨他的視線看去，發現天空出現了一些細小的黑點。

小黑點漸漸變得大了一點，看起來像幾隻小小的飛行物。

「那是什麼？」俊樂問。

「蜜蜂。」少年答。

「咦？蜜蜂？蜜蜂會不會攻擊我們？」俊樂擔憂地抱着頭部。眨眼間，蜜蜂已飛到他們頭頂，小希與俊樂定在那兒，一動不動，只感到頭皮發麻……幸而蜜蜂對他們似乎沒什麼興趣，轉眼就往前飛去了。

少年緊盯着蜜蜂，雙腿不自覺地跑了起來。

「喂！你不要亂跑啊！」小希喚道。

少年完全聽不見小希的呼喚，繼續跟隨蜜蜂們跑。

龍貓噴噴兩聲跟上前去，小希示意俊樂一起追去。俊樂為難地嘟嘟嘴，但還是追了過去。

　　眾人尾隨蜜蜂來到一株大樹下，幾隻蜜蜂在原地打轉了一會兒，開始在空中繞來繞去，好像在跳某種奇特的舞蹈。

　　「啊！那是蜂窩！」俊樂喊道。

　　小希朝俊樂所指的方向望去，發現大樹上垂掛着一個很大的漏斗形蜂巢，其上還有許多蜜蜂圍繞着蜂巢旋轉、飛行。

　　「漏斗形的蜂巢？很少見呢！啊！不會是虎頭蜂吧？」俊樂擔憂地問。

　　「你不要烏鴉嘴！幾百年沒遇過蜜蜂，突然遇見就是虎頭蜂？哪會那麼巧？」龍貓輸入道。

　　「不，好像真的是虎頭蜂……」小希喃喃回道，臉色有些慘白。她曾看過虎頭蜂蟄人的報道，其中所述的蜂巢正是漏斗狀的。

　　大夥兒往後移步，不敢太靠近蜂巢，遠遠地看着那幾隻蜜蜂奇特的舞蹈。

　　「我還是第一次看見蜜蜂『跳舞』。」俊樂說。

　　「我也是。」小希答。

　　少年這時又開啟了行走的科普百科功能，道：「蜜蜂會跳舞是為了傳達花蜜來源的消息給同伴知道。」

　　「哦？這樣隨便亂跳就會留下訊息？」俊樂撓撓頭，感到不可思議。

　　「牠們不是隨便亂跳。蜜蜂舞動的方向都是有意思

的，比如頭部朝向太陽，表示應向太陽的方向尋找花蜜；若頭向下垂，背向太陽，就表示蜜源在太陽的反方向。蜜蜂擁有磁感系統，有準確定位的功能。」

「哇！原來蜜蜂腦袋裝有天然GPS啊！世界之大真是無人能及啊！」

「是無奇不有！」平板電腦熒幕立時顯示。看來龍貓也受不了俊樂誤用成語啊！

「也有科學家研究出蜜蜂腦中的隱花色素與腹部的磁感顆粒一樣，能準確地辨別方向。」少年又說。

「原來如此。」小希嘖嘖稱奇，「你懂的事真不少。」

少年支吾一下，繼續說：「據說有些自閉兒能辨別方向和地圖，就是因為他們也擁有隱花色素。有科學家研究出他們的眼球內含有隱花色素，所以特別擅長記憶地圖和位置。」

「哦，怪不得湯姆有優越的位置感，比華利大戲院的走道與座位那麼複雜，他仍能快速而準確地把觀眾帶到位子去，原來是因為他與生俱來的特殊結構。」小希若有所思地說，「怪不得人們總說，上天為你關了一扇門，必為你開啟另一扇窗啊！」

少年難得地點了點頭回應。

「你對自己還蠻了解的嘛！」俊樂讚歎着，並少根筋地說，「看來你並不像外表那樣什麼都不理，至少你

知道自己是自閉兒，還很清楚自己的症狀呢！」

少年表情木然地盯着飛舞的蜜蜂，對俊樂的話絲毫不在意。

「你對你媽咪的態度很不好，你自己也知道吧？」俊樂忍不住對少年説教。

「喂，俊樂！」小希趕緊過止俊樂。俊樂是那種不會看情況，想到什麼就説什麼的個性。若不阻止，真不知道他接下來會説些什麼啊！

「剛剛你媽咪看起來都要哭了，你難道就不能給媽咪一點反應嗎？」

少年還是沒有任何表情。

「我説啊，你是耳聾還是裝聽不到？」俊樂不耐煩地站起來，小希趕緊把俊樂拉下。

「別説了，俊樂——」

「這就是那個任務。」少年出神地盯着蜜蜂説。

眾人愣了一下，接着腦袋似接通了電路的電線，驟然爆出了火花。

「原來畫圖畫的小仙子，就是跳舞的蜜蜂！」小希驚奇地叫道。

「太好了！！！」龍貓打了幾個感歎號，以表達他的興奮。

「可是，現在要怎麼做？不可能抓蜜蜂給艾密斯團長啊！就算真的抓到蜜蜂也不會跳舞給他看吧？」俊樂

歪着腦袋，提出他的疑惑。

「想不到你這個人蠢蠢的，偶爾也會說出像樣的話嘛！」龍貓寫道。

「喂！你別瞧不起人！我再怎麼說也曾經是失物之靈，完成過許多重要的任務！」俊樂氣呼呼地說。他對這傲慢的龍貓原本就沒有好感，現在就更不喜歡了。

「你是失物之靈？一點兒都看不出來。」龍貓寫道。

「別吵了，讓我想想該怎麼辦……」小希思忖一下，說，「對了！我們可以用這個。」

小希取出背包內的手機，開啟了攝錄功能，攝下蜜蜂飛舞的片段。

「聰明！」龍貓少有地誇讚小希。

小希拍了一會兒，將鏡頭拉近以拍下更清晰的蜜蜂影像及舞姿。拍着拍着，鏡頭內的蜜蜂多了起來，而且越來越大羣……

到小希他們發現時，蜂羣已在距離他們不足十尺之處，小希忙不迭喚俊樂：「快帶他走！」

俊樂立即拉起少年逃離，而小希為了引開蜂羣，往俊樂的反方向逃去。龍貓擔心小希被蜜蜂蟄，一路緊跟着小希。

小希拿着手機拼盡全力逃跑，她知道被虎頭蜂蟄到可是會丟命的！小希靈機一動，採取不規則的逃跑路

線，但這麼做好像並沒有拉開與蜂羣的距離，反而更近了！

小希感到蜜蜂就在她身邊，因為她耳際聽見的嗡嗡聲越發大聲。她慌亂極了，一個不小心，竟被一個大樹根絆倒！

小希雙手護着臉和身體，支撐在地上，手機因而拋了出去！

她無暇思考手機的事，下意識地脱下背包遮蓋臉部。

半晌，蜜蜂的嗡嗡聲漸漸遠去。

「聽説蜜蜂一般不會追離蜂巢太遠……看來有可能是真的……不過還是再等等吧……」小希想起網上看過的短片，但她心裏仍是不放心。

過了一會兒，外面似乎真的沒了動靜，小希嘗試説服自己把緊貼臉部的背包挪開。突然，龍貓發出一陣不尋常的巨大叫聲，小希下意識迅速移開背包，一雙壯實的小圓腿映入小希眼簾！

接着那雙圓滾滾小腿的主人彎下了腰，小希清楚地看到他傲慢的面容，是胖子大公爵！

大公爵朝她笑了笑，嘴角的小八字鬍抖了抖，然後他姿態優雅地在小希眼皮底下吹掉手機上的塵埃，取走了她的手機。

小希彈起身想取回手機，一個大塊頭阻擋在大公爵

身前，道：「不准對大公爵無禮！」

　　「你搶手機！你是搶劫犯！」小希着急地望向四周，大叫道，「艾密斯團長！」

　　「別喊了！他不會出現。」伊諾說。

「不！時空縫隙開啟了，艾密斯團長一定會趕來幫我的！」

「哈哈哈！他以為自己很機智聰明，每回都能趕在我們之前來救你們。但所謂一山還有一山高啊！我只不過用了小小的計謀，他就被耍得團團轉！」

大公爵頓了頓，等不到小希追問，就自己揭示謎底道：「我只是貼告示懸賞他的帽子，大夥兒就纏着他要那頂破爛帽子。他忙着逃離那些人，忙都忙不過來啦！哪裏還有空理你們呢？」

　　大公爵說着轉過身準備離開，小希被大塊頭阻擋着，根本靠不過去，急得不知如何是好。此時有個東西竄過她眼前，接着大公爵哎呀一聲，胖嘟嘟的雪白臉頰被抓出一道血痕！

　　大公爵氣極了，但他手中仍緊緊握着手機，不讓龍貓有半點機會搶走它。

　　「伊諾，快幫我教訓這隻骯髒的東西！」

　　伊諾馬上衝到龍貓跟前，但機警靈活的龍貓當然沒那麼容易被抓住。在伊諾俯身伸出手來之際，他順勢躍上伊諾的手臂、肩膀、後背、頭頂……伊諾忙亂地扭動着身子，一旁的大公爵指揮道：「後背，右腳，哎呀，跑去左手了！他在你頭頂！笨蛋！在右腿！」

　　伊諾照着指示又是抓撓又是拍打，但始終抓不着龍貓，反而像在胡亂揍打自己的瘋子。

　　在大公爵氣得兩眼冒煙的時候，小希一個箭步衝前去，伺機從大公爵揮動着的手中取回手機。但在她確實握住手機的冰冷機身時，大公爵急急念了個咒語，霎時間，小希眼前一片迷濛，什麼東西都看不見了！

　　小希揮手撥開煙霧，待煙霧散去，已不見了大公爵

和伊諾的蹤影。

小希失落地哀嚎：「我的手機……」

龍貓跳上軟鍵盤輸入道：「別傷心，舊的不去，新的不來。」

「説得容易。我只想要回我的舊手機，裏面有許多重要資訊和照片。況且，剛才拍攝下的蜜蜂舞短片都在手機裏頭。唉！怎麼辦？難道要再去等蜜蜂跳舞？」小希覺得困難重重，「我們根本不知道蜜蜂何時會再去尋找蜜源，簡直是守株待兔啊！」

「不要這麼悲觀，凡事要往正面看。」龍貓寫出這些字之後，連自己也被自己的話嚇到，繼而滿臉紅彤彤的，按退格鍵刪除掉最後一句，寫道：「我們先回去找俊樂和那位星兒吧！」

小希悻悻然地往來時的路走去，不一會兒，就來到公園旁邊的巴士車站。俊樂、少年和少年的母親都候在車站內，他們見到小希，趕緊迎向她。

「怎麼樣？沒被虎頭蜂叮着吧？」俊樂擔憂地問。

小希晃晃頭，洩氣地説：「不過手機被胖子大公爵搶走了……」

「什麼？那剛才拍的短片不是沒了嗎？」

小希黯然點頭。

「那……要再執行多一次任務，對吧？」

「不，可以上去『雲端』取，那裏應該備份了短

片，還有你手機裏面所有照片。」少年説。他眼睛雖然沒看着小希，但似乎看透了小希的心思。

「真的？雲端真的可以找回我手機內的照片？」

少年點點頭。

「俊樂，快點借我手機！」

俊樂將手機遞給小希，小希趕緊輸入雲端戶口密碼。當她看到手機的所有照片還存在雲端時，淚水差點奪眶而出。

「傻瓜！這也好哭？」

一道聲音從後方傳來，小希轉過身，叫道：「艾密斯團長！」

「你也來得太及時了吧？」俊樂斜睨艾密斯團長，故意揶揄道。

「唉！我也想不到他們會使出這樣的陰招。一下懸賞我妻子蕾娜的手套，一下又懸賞我的帽子，幸好我對這些身外物不執着。而且你看——」

艾密斯脱下頭上所戴的新穎高帽，説：「如果不是大公爵懸賞，買下我那帽子的人也不可能給我另一頂新帽子。這就是因禍得福吧！」

「艾密斯團長，你難道不會想念你的舊帽子？」

「許多事不能強求，失去了可能就是時候到了，何必執着不讓他走呢？」

「可是我習慣了舊的手機。」

「習慣是可以改的，相信我，過一陣你又會習慣新手機。」艾密斯團長說着，眨了眨眼。

少年這時開口了，他說：「只要有這個短片，湯姆就會恢復位置感，對嗎？」

「是的，謝謝，你們幫了湯姆一個非常大的忙。」艾密斯團長誠懇地對少年及其母親道謝。

少年仍舊面無表情，但他突然過去牽起母親的手，說：「媽咪，我想吃蘑菇意大利麵。」

少年的母親一副受寵若驚的模樣，她感動地凝視握緊她手掌的手，抬頭看他們一眼，眼中滿含感激，然後她語氣激昂地說：「走！我們去吃蘑菇意大利麵！」

眾人目送少年與母親離去。

俊樂不解地問：「只是牽個手，他母親為什麼好像快哭出來了？」

「自閉症的孩子通常不喜歡肢體接觸，可能這孩子從來沒牽過母親的手。如果這是他第一次牽母親的手，對一直以來付出許多愛和心力的母親來說，簡直是難以想像的大獎勵，怎能不哭？」

艾密斯團長少見地濕潤了眼眶，他抹了抹淚水，回復一貫的輕鬆語調，說：「好，請你們把短片傳到我的USB手指裏頭吧！我必須趕回去『交貨』。」

俊樂連忙將艾密斯團長遞給他的USB手指連接到手機，然後上傳短片，再取出來遞回給團長。

艾密斯團長接過USB手指後急忙吩咐他們：「距離下一次時空縫隙開啟的時間會比較久一點，先知會你們一下。這幾天就好好念書、休息，我過後再來找你們。」

　　小希想到父親的事，趕緊叫住艾密斯團長道：「等等！艾密斯團長，關於我父親，你可以告訴我是怎麼回事嗎？」

　　「你父親？你父親怎麼了？」

　　小希大致將她與母親「故意遺忘」父親的事，還有龍貓所看見的真相告訴艾密斯團長。艾密斯團長聽後陷入了沉思，良久，他說：「這件事我會去請教智慧長者，目前我無法給你解答。」

　　「萬一我和媽咪真的把父親遺忘了，該怎麼辦？」小希顯得神情憂慮，她突然感到心口有股難以形容的空洞，好像被人挖走了什麼似的。

　　「雖然我對父親的印象不是非常好……但完全忘記他的話，不是會將所有好的和壞的全部一起忘掉嗎？」小希第一次覺得被人遺忘是一件可怕的事。

　　艾密斯團長過來拍拍小希的肩膀，道：「我不會讓你把父親完全忘掉的，你相信我嗎？」

　　小希看進艾密斯團長眼底，那清澈的藍色眼珠似乎隱藏着一抹神秘的暈彩。但不知為何，此刻的她感到胸口的空洞變小了。

「我相信你。」小希說。

艾密斯團長眨一下眼，兩頰緋紅地笑了。他從小希的信賴中似乎也獲得了某些東西。

18 創辦人彼得的危機

　　這幾天小希過回與往常一樣，單純地趕功課、念書的學生生涯。少了執行任務的壓力，她的時間反而變得更少了似的。這大概就是所謂的越忙時間越多，越悠閒時間就越少吧？

　　小希的母親徐堯知道手機不見後，拖了好幾天才帶她去買新手機。對於母親的「拖延症」小希早就習以為常，只要母親不追問或責備她，遲一些購買新手機也不是那麼可怕的事。

　　小希意外地發現沒有手機使用的日子並沒有想像中不習慣及難過，只是在聯繫同學或查找資料時麻煩些。不過，她身邊現在多了隻喜歡倚老賣老的龍貓，即使遇到不會的功課或生活上的難題，毋須小希開口求助，龍貓已迫不及待給予意見和指導。

　　「雖然我很孤僻，不喜歡與人打交道，但我可是與時並進、思想縝密的人。舉凡Facebook、Instagram、微信等等都難不倒我，至於學習方面我也不比別人差。其他功課我不敢擔保，數學呢，可是我的強項！」

　　結果在龍貓悉心指導下，小希最弱的數學科果然突

飛猛進。許多之前想不透的題目好像突然開了竅似的明白過來，小希對龍貓不禁刮目相看。

為了答謝龍貓的教導，小希花零用錢買了上好的苜蓿草給他吃。

龍貓一開始滿心嫌棄，怎麼都不肯吃這種「雜草」。但後來或許出於天性，他不但吃光了苜蓿草，還要求小希每天都供給這「雜草」作為他的主食。

當俊樂來到小希家看着埋頭咀嚼啃食「雜草」的龍貓，笑得人仰馬翻，趕緊上前揶揄龍貓一番。

「喂！草食動物，要不你過來我家，把庭院所有雜草都吃掉，那我媽咪可省下一筆除草費了！」

龍貓對俊樂的取笑感到氣憤，卻仍不停嘴地大口咀嚼食物。他對自己嗜吃這種植物的癮好像有點洩氣，但也無可奈何。就跟許多人明知不能喝那麼多咖啡，還是無法抗拒地一杯接一杯喝下去的原理一樣吧！

「別笑龍貓了！不是說今天要把立體書看完嗎？」

小希說着，打開了立體書，一幅古樸而具有裝飾藝術感的戲院外觀場景聳立於書上！俊樂和龍貓馬上靠攏過來。

比華利大戲院的入口恰好設立在街道轉角處，大門視角寬廣，其圓弧狀設計讓整個戲院的氣派十足。

戲院外聚攏着許多路人，他們望着戲院及那閃爍明亮的戲院招牌，露出失望而落寞的神情。

「看來大家又被胖子大公爵的顛倒術愚弄了。看看書上寫了什麼吧！」

接着，小希視線移向右上角的文字，念道：「比華利大戲院初始建立的時候，完美地融合了古希臘建築美感與玻璃裝飾藝術的巧思，更構築了比華利大戲院的精神，寓意古老及現代戲劇的結合。

「這兒成為大夥兒競相目睹的美麗地標，許多人遠道而來，為的就是親眼見證大戲院的風華面貌。

「看！比華利大戲院的創辦人彼得正在大門口招呼着大夥兒，介紹今天演出的精彩戲碼呢！」

俊樂與龍貓聽到這兒，趕緊擠過去，想看清楚創辦人的模樣。

大門口並沒有在招呼大夥兒的人，只有一位雙手環抱胸前，一副無辜受累模樣的男子。

「這應該就是創辦人彼得吧？」小希指着那渾身散發負能量氣息的男子，説，「原本開心招呼眾人，對戲院充滿熱誠的彼得因為顛倒術，變得不想招呼大家，覺得戲院很沒意思了吧！」

大家望向那負能量滿分的創辦人，只見他身形矮小，長相平凡，穿在身上的也只是套剪裁合身的西裝外套，與周遭人物打扮類似，並非顯眼之人。

「原來他就是創辦人。怎麼取了個跟我一樣的名字？」龍貓寫道。

「你叫彼得？」小希驚奇地問道。

「你也太不夠意思了，跟你住在一起這麼久，都記不住我的名字，哼！」龍貓生氣地敲擊鍵盤。

「對不起，是我善忘。」小希吐吐舌頭，道，「那以後我們是不是要改口叫你彼得？」

「不用，沒誠意的傢伙！」龍貓寫完，不高興地別過頭去。

「啊！我知道了！」小希敲了個響指，說，「艾密斯團長說過，許多事冥冥中已經安排好。你和比華利大戲院的創辦人名字一樣，氣場又剛好相反，所以你才會成為關鍵人物，才會成為識謊之靈！」

「可是，我那時候變成黑狗是因為氣場跟奈斯圖相同，現在為什麼要相反的氣場呢？」俊樂不禁發出疑問。

「這我就不知道了。」小希聳聳肩道。

「狗屁不通！名字一樣跟氣場相反都不是理由！完全沒有邏輯！」龍貓氣憤地寫道。

「很多事都不是邏輯可以說得通的，你怎麼還不能接受現實呢？」小希說。

「哼！你跟那個艾密斯同一個鼻孔出氣，說話越來越像他了！」

「哈哈，這句話我倒是贊同。小希，我也覺得你越來越像艾密斯團長，什麼都神神秘秘，說不清楚，就連

你家也像被一個大謎團圍繞着。」俊樂難得地附和龍貓。

「那也不是我自己想要的啊！我只是覺得現在追問這些根本沒用。最重要是往前看，不是嗎？」

「好，好，往前看，那就看下一頁吧！總之我就是負能量滿滿，才會倒大霉遇到這種事！和創辦人的名字一樣也是我活該，世上那麼多名字，我卻好取不取，取什麼彼得！」龍貓寫道，字裏行間滿是負氣話，還賭氣將小希送他吃的苜蓿草推得遠遠的。

小希看着覺得既好氣又好笑，心想：這龍貓耍起脾氣還真像個小孩。她晃晃頭歎口氣，翻到下一頁。

「彼得熱心推廣電影與戲劇，感動了心儀已久的名媛蒂凡尼。她不但每場電影都來支持，還盡心盡力幫彼得宣傳比華利大戲院，邀請她的朋友光臨。

「這會兒，小城剛好經歷難得一遇的大風雪，但眾人還是排除萬難，千辛萬苦地請了許多朋友們到來觀賞電影。」

這一頁的立體場景是大風雪之夜，許多民眾冒着風雪來到戲院後又趕着回去。

「又是胖子大公爵搞的鬼，大家都不肯來看電影了！」俊樂摩拳擦掌地說，似乎很生氣大公爵做的「好事」。

小希他們繼續看了幾頁，書中描述比華利大戲院開

張後遇到的各種挫折，比如其他戲院成立的競爭及爭取
電影播映權的艱苦等等。其間，蒂凡尼想方設法幫助彼
得，兩人很快即墮入愛河。可惜蒂凡尼的父親百般阻
撓，甚至命人破壞戲院的設施。雖然立體書的場景與內
文相反，但知道真相的眾人都感到氣憤難平。

小希翻到最後一頁，念出內文：「彼得對電影的熱
誠終究打動了蒂凡尼的父親，彼得與蒂凡尼兩人有情人
終成眷屬，在比華利大戲院七周年慶典這天舉行了盛大
的婚禮，到場祝賀的甚至有著名影星呢！」

「想不到蒂凡尼不懼父親和眾人反對，一直陪伴在
彼得身邊支持他。蒂凡尼對彼得如此情深意重，太感人
了！可惜，現在……」

立體書場景所見，是彼得找不到新娘的着急畫面，
而眾來賓居然捧腹大笑，譏笑彼得。

小希哀歎道：「原本應該是歡樂的開心結局，現在
卻變成離別的悲劇。這個胖子大公爵，太可惡了！」

小希合上了《比華利大戲院》，胸口堵得慌，非常
不舒服。

「真希望艾密斯團長快點出現，我巴不得現在就去
執行任務！」小希忿忿地說。

俊樂也捏緊了拳頭道：「哼！是啊！我長這麼大從
來沒有這麼生氣過！如果讓我再遇到那胖子大公爵，我
一定好好教訓他！拔掉他的八字鬍！」

「那我就咬掉他的腰帶，讓他褲子掉下來，當眾出醜！」龍貓氣憤地拍擊鍵盤，寫道。

「好！胖子大公爵最愛面子了！讓他出醜最好！」

三人對望一眼，難得地同仇敵愾。

＊　　　＊　　　＊

又過了一個星期，艾密斯團長還是沒有出現。小希、俊樂及龍貓雖然替比華利大戲院的人們着急，但也無計可施，大夥兒只好耐心等待着時空縫隙再次開啟的時間。

由於小禹及龍貓的緣故，祖銘最近常跟小希和俊樂混在一塊兒，有時候還相約到小食中心吃東西喝茶。祖銘的父親知道小希常自己準備食物，還讓小希「打包」雞飯回去當晚飯呢。

今天他們放學後也湊在一塊兒，三人一龍貓決定去探望永哥，順便帶些食物及乾糧給他。距離上一回探望永哥已經好幾天了，祖銘為免永哥吃不夠，特意帶了一整個大環保袋的食物給他。祖銘對永哥就是有種莫名的責任感，彷彿永哥是他的至親，需要他悉心照護。

「我也要去！」小禹知道後嚷道。

「不行，永哥說過，不能讓人知道他的藏身處。」祖銘壓低聲量説道。

「那你們為什麼又能去？」

「這……這不一樣。」

「怎麼不一樣？」

「你忘了上次去的時候你亂喊亂叫一通嗎？萬一這次你嚷嚷吵鬧，讓人發現了怎麼辦？」

「小禹這次一定不吵，什麼都不説！小禹會把嘴巴『封住』。」小禹的雙手將嘴巴摀得緊緊的。

「還是不能。」

「為什麼？因為我是麻煩鬼嗎？」小禹顯得很懊惱，他最不喜歡人家把他視為帶來麻煩的小孩了。

小希看着極度委屈的小禹，有點心軟，於是她幫着小禹説：「就帶他去吧！他都説了不會大聲叫嚷。」

祖銘皺起了眉頭，擺出一副臭臉。上一回失信於永哥他已經非常內疚，絕不能重蹈覆轍。

祖銘果斷拒絕了小禹，讓他在父親的檔口待着，然後他們才叫車子去城中表演中心。

為免司機起疑心，他們決定在抵達城中表演中心後，步行去離開表演中心一段距離的廢棄宿舍。倘若他們直接在廢棄宿舍下車，必定會引起司機的猜疑。

他們等車的當兒，小禹一直躲在祖銘父親的雞飯檔口裏邊，故意不看他們，似乎很生氣他們拋下自己去找永哥。

計程車司機抵達了，小希、俊樂及祖銘帶着龍貓上了車子後，小禹才探出頭來，扁着嘴目送他們的車子遠去。

「小禹，別躲了，出來吧！他們都走了。」祖銘的母親說着，拿了一碟剛炸好的雞翅膀遞到小禹跟前。

小禹心情雖然不好，但面對那香氣四溢的雞翅膀，終究走了出來。他往碟子取了雞翅膀，一手提着一隻，咧嘴笑道：「謝謝詹嬸！」

看着香噴噴的雞翅膀，小禹一掃不快心情，正要大口啃咬時，小食中心卻傳來一陣騷動。小禹往騷亂處望去，看到一羣穿着同樣制服的人走了過來，其中一人還未抵達雞飯檔口即喚道：「小禹在那邊嗎？」

祖銘的母親怔怔看着急速走來的那羣人，吶吶回不到話。小禹兩眼睜大，意識到自己即將遭遇的處境，馬上向外逃去。

「小禹！」祖銘的母親喊道，引起了那羣人的注意。他們全都往食肆外跑去，追向小禹！

小禹手上提着雞翅膀拚命地跑，他聽到後面有許多人在呼喝着，急得眼淚都飆了出來。但他很快又用手背擦乾眼淚，露出執拗的眼神。眼前有個公園，他機靈地拐過去，鑽進草叢內，把自己隱秘地藏好。

那羣人匆匆忙忙地跑來了，他們沒有發現小禹的藏身處，呼叫聲越來越遠。

小禹鬆了一口氣，眼神透着憂慮，道：「不能被他們發現……怎麼辦？」

突然，他想起祖銘所說的話：「永哥說過，不能讓

人發現他的藏身處。」

「去找永哥,那就不會被人發現了!」小禹想着,急急提着雞翅膀竄出草叢,往模糊並可能充滿險境的前方奔去。

19 兩個任務

　　小希等一行人來到永哥所「寄居」的廢棄宿舍。這兒除了殘舊，更多的是雜亂。經歷過戰亂及歲月的洗禮，這裏雜草叢生，四處都是肆虐橫長的蕨類植物和雜草。說它是座叢林樹屋，它又有着現代化的堅固石灰及紅磚。種種的自然與現代技術交錯夾雜，非常不搭調。說它是藝術家恣意揮灑，發洩內心感悟與亂象而創作的藝術品倒還差不多。

　　永哥遠遠就聽到他們的腳步聲。他平時一個人霸佔整座宿舍，靜默慣了，丁點兒聲響就能警覺地聽見。因此即使小希他們盡量不發出聲音，還是被永哥發現了。

　　永哥打開宿舍的後門，把他們接進這「藝術窩」。藝術窩的走道布滿廢棄的雜物和各種頗具年代的殘破器具或垃圾，同時也被經年肆長的爬藤植物纏繞，因此走在其中必須非常小心，否則極易被絆倒或摔跤。

　　他們好不容易沿着永哥踏過的地方，走過了長廊、樓梯，再拐去另一條長廊和樓梯……輾轉曲折地來到一處較為寬廣的地方。這就是永哥寄居之處，呈長方形，活動空間比其他房間大，大概是以前用作活動中心或茶

聚之類的地方。

「永哥，為什麼你要住在這地方？其他房間不好嗎？」俊樂好奇問道。

「這裏居高臨下，前後都有窗戶，可以觀察四周動靜。」永哥簡單說明道。

「原來如此。」俊樂走向一側的窗戶看下去，果然視野廣闊。

「小心！別讓人看到你！」永哥機警地說。

俊樂立即後退幾步，說：「哦，是，是！真對不起。」

氣氛有些緊繃，祖銘趕緊取出帶來的環保袋遞給永哥，道：「永哥，來吃點東西。你一定很久沒吃頓好的吧！」

永哥接過袋子，從裏面搜出喜歡吃的食物，毫不客氣地大口啃咬起來。

龍貓跳上窗戶的鐵窗花，瞄了一瞄，再跳去另一側窗戶查看四周。

「這裏視野果然不錯，方圓百里內有人經過都一目了然，看來永哥可以在這裏好好住上一段時間。」龍貓心想。

這時祖銘的手機響了起來，他慌亂地按下接聽鍵，並向永哥致歉說：「對不起，下次一定調去靜音！」

「喂？噢，什麼？」

大夥兒望向祖銘，祖銘聽完後放下電話，神色凝重地說：「小禹出事了！」

「怎麼回事？」小希問道。

「原來小禹的母親在幾個星期前就已在醫院過世，社會福利署的人一直在找小禹！剛才他們到小食中心去，小禹卻逃跑了！」

「他為什麼要逃？」

「小禹根本不想住進那些福利機構安排的兒童院舍，他只想待在家裏。」

「可是他爸爸早就離開，現在媽媽又過世了，家裏只剩他一人——」小希說到這兒停了下來，她原本想說只剩他一人孤苦無依，根本沒辦法存活。

「社會福利署的人一定會去他的家，小禹已經不能回家了！」俊樂睜大眼，緊張地說。

「小禹不回家……他會逃去哪裏？」小希擔憂地說。

眾人臉色沉重，一個七歲的孩子一直以來面對這麼多苦難，如今連唯一的親人都離他而去。而他竟然選擇瞞着所有人，孤獨地住在家裏，可見他多麼不想離開那個只剩下他一人的家。但現在連這樣的家也回不去了，他會去哪裏呢？

「對了，他不是一直說要來找永哥嗎？他會不會找來這裏？」祖銘推測道。

「可是一個那麼小的孩子，曉得來這裏嗎？」小希說。

眾人又緘默了。

這時永哥開口道：「只有盡力去找他了。祖銘，你回去小食中心附近找找，你們兩個去城中表演中心和這裏找。」

「嗯。那我先走了，永哥，改天再來看你。」祖銘說着，急忙走了出去。

小希和俊樂正要向永哥告辭，站在後方窗戶邊的龍貓突然發出突兀的唧唧聲。通常龍貓遇到危難時才會發出這樣的叫聲，小希等人趕緊過去窗邊察看。

距離廢棄宿舍後門不遠處，竟出現了意想不到的人物——亞肯德大公爵及伊諾！

「他們怎麼會找來這裏？難道——」話音未落，只見一個人推門進來，衣衫不整的，一副狼狽不堪的模樣。

「艾密斯團長！」俊樂叫道。

此時艾密斯團長往門外一拉，某個穿着體面的矮個子被他從門後拉了過來。

「快進來！」艾密斯團長說。

「艾密斯團長，他是誰？這副裝扮有點眼熟……」小希說着，雙目突然睜大，脫口而出道，「他是比華利大戲院的創辦人彼得！」

俊樂和龍貓驚訝得張大了嘴，死死盯着那從立體書世界走出來的人物。

艾密斯團長點點頭，但那創辦人彼得卻似吃了迷魂丹一樣，眼神迷濛，愁眉苦臉的，一副厭世的模樣。

「他怎麼了？怎麼會來到我們的世界？」小希問。

艾密斯團長急急地說：「沒時間跟你們解釋了！快離開這裏！他們追來了！」

「我們現在走下樓，一定會碰見他們。」

永哥說着，望出去另一側窗戶，看到祖銘平安走出廢棄宿舍前方小路，安下心來。他望向艾密斯團長及彼得，問道：「你們是什麼人？那兩個跟你們一樣奇裝異服的人又是誰？」

「他們——」

俊樂正要說明，就被艾密斯團長一口打斷：「沒時間了，你們現在必須帶着彼得，趕在時空縫隙開啟的時機去一個地方。穿透時空的機會只有一次，絕對不可錯過！」

「什麼？我們？我們要帶着彼得穿透時空？到底是怎麼回事？」小希困惑地問道。

「狀況緊急，我待會兒再跟你們解釋。現在的問題是，如何能躲過亞肯德大公爵他們的追蹤？決不能讓他們跟着一起穿透時空！」

永哥雖然丈二金剛摸不着頭腦，但從他們的神態也

知道事態嚴重，因此不再追問，說：「這裏樓下有一個地下室，不過，必須有人引開他們的注意。」

艾密斯團長和小希等人面面相覷。

「執行任務的是你們，而他——」艾密斯團長指向永哥，「必須帶你們去地下室藏身，所以只有我能去引開他們。」

說着艾密斯團長拿出兩張牛皮紙，交給小希，匆忙說：「你們自己先看看，待會兒我會回來找你們！」

艾密斯團長急忙走了出去，不一會兒樓下就傳來一陣吵雜的聲響，應該是艾密斯團長與亞肯德大公爵起了衝突。

「趁現在，我們快下去！」永哥說完，領着小希一眾走下樓去。

「俊樂，你負責看管好彼得。」小希叮囑道。

「嗯！」俊樂趕緊拉近那還在苦苦懊惱的彼得，說，「你要緊跟在我身後，不准發呆。」

彼得似乎沒聽進耳裏，還是那副搖頭晃腦的模樣。

俊樂索性把他拽住，讓彼得貼近他走下樓去。

永哥估摸着艾密斯團長已將大公爵他們引出廢棄宿舍外，便小心地走到一樓盡頭的宿舍，朝最後一個房間走去。

各人都走進來後，永哥將門掩上，說：「我當初來到這宿舍時，將每一處地方都仔細察看過。但來到這間

房時，一時不慎觸碰了機關，才會發現地下室。」

　　說着，他讓大家做好心理準備，然後按下壁櫥某個不起眼的泥塑裝飾品，地上的木板頓時往下打開。眾人雖做好心理準備，還是驚叫着掉了下去！

　　幸好地下室不高，而且鋪了墊子。眾人掉下去後，撲了撲塵，趕緊爬了起來。

　　室內昏暗一片，永哥摸索着點起蠟燭，大夥兒才看清這地下室。裏頭設備齊全，有牀墊、玻璃罐裝着的食水、罐頭和已經發霉的乾糧。

　　「這裏……不會是躲避炸彈轟炸的防空洞吧？」小希疑惑地問。

　　「雖然不是防空洞，但作用應該差不多，都是用來躲避敵人追捕的地方。」永哥說着，拉了一個牀墊過來，讓他們坐下休息。

　　「那就是說，有出口吧？」俊樂神色擔憂地左右探視道。

　　「我之前不慎掉下來之後，摸索了兩天才發現出口。」

　　「為什麼防止敵人追捕的地方，要這樣戲劇化的『掉下來』呢？」小希問，她不明白為何剛才是以類似陷阱的方式來到這地下室。

　　「這裏的作用除了類似防空洞外，也是陷阱吧！當敵人逼近時，可以用來抓捕敵人，將敵人關押在此。」

　　小希點點頭，這樣就說得通了。她望向一直瑟縮在角落的彼得，問道：「你就是彼得？」

　　彼得一臉惶恐地點點頭。

　　「別怕，我們是來幫你的。不過，你為什麼會來到我們的世界呢？」

　　彼得抿了抿嘴，說：「是艾密斯團長，他在我想尋死的時候來到，將我帶了過來。」

　　「你也想尋死？你為什麼要尋死？」這時一直靜默的龍貓快速用軟鍵盤寫道。

　　永哥驚訝於龍貓的舉動，小希趕緊說：「永哥，這一切說來話長，等我們完成任務後，一定會好好跟你解釋。」

　　俊樂將龍貓的疑問重複一遍，問彼得道：「你為什麼要尋死？」

　　彼得低下頭來，說：「我知道不應該尋死。我小時候經歷過很多苦頭，我的父母出身低下階層，被上流社會的僱主虐待，毫無尊嚴地活着。後來在一場疫病中，他們受到感染雙雙去世，因此我從小已經學會照顧自己。

　　「那時候受的苦啊，現在想起也覺得不可思議，為什麼我能忍受那樣的痛苦呢？不過，我都一一熬過來了。我內心嚮往自由的社會，希望爭取屬於我的自由，任何人都不能打擊這信念。世界上有太多痛苦的事，我

想帶給大家歡樂！」

「所以你才創辦了比華利大戲院？」俊樂說。

「是，我還記得第一次踏進戲院時的振奮和感動，那是從前的我無法想像的世界。當那如夢似幻的場景真實地呈現在我眼前，我……我真的太震撼了……」彼得擦了擦眼角蹦出的淚水，繼續說，「當時的我暗暗發誓，一定要建一座前所未有的大戲院！一個能帶來歡樂，讓大家實現夢想的大戲院！」

彼得懊惱地皺緊了眉頭，道：「可是我這一陣子不知道怎麼回事，心裏總是亂糟糟的，感覺什麼都不對勁。就在前兩個星期，我最心愛的未婚妻竟然離我而去！我……我……生無可戀……」

彼得竟然真的哭了起來，嗚咽地說：「我知道不應該尋死，整個大戲院還要仰賴我維持下去，可是我控制不了自己。我總是被負面的情緒影響，以前一切不開心的事佔據了腦海，我整天都在想着這些事情……我真的不應該！都是因為我，比華利大戲院才會導致今天的悲慘局面！都是我的錯！」

龍貓這時急急輸入：「我明白了，彼得跟我的氣場本來是顛倒的，但因為大公爵的幻術，他現在變得跟我完全一樣。我之前也是成天想着負面的東西，想結束自己的性命，覺得自己跟大家格格不入，這個世界無法容納我的存在。」

「對。這世界對我來說，已沒有什麼可留戀。」

「不！我想表達的是你從小就經歷許多苦難，卻造就了堅韌樂觀的個性。而我，一個從小就一帆風順，小時了了的明日之星，竟然因為一個小小挫折就一蹶不振，還讓自己陷入全世界都虧欠我的哀怨中這麼多年。我也太窩囊、太沒用了！」

龍貓歪着腦袋想了想，又寫道：「對了！這兩種相反的氣場，也造成我們兩個人的人生際遇完全相反。你從小經歷磨難，之後憑着努力走入順境。而我則是從小一帆風順，卻越來越走下坡。原來兩種完全不同的氣場，會形成兩種截然不同的人生！」

龍貓一口氣寫了這麼多，有點喘，他停頓一下，繼續輸入：「我現在看到你，就看到之前那成天埋怨世界，沉浸於過往輝煌時光的自己！呵！這樣的自己真的很難看！很沒用！」

彼得似乎不太理解龍貓的憤慨，但最後那句他倒是明白過來。他眉頭垂得低低的，嗚咽道：「所以說，我現在很難看，是個沒用的人……」

彼得說着掩面流淚，陷入更悲慘的情緒當中。

小希趕緊說道：「不，彼得，你聽我說，這一切都是因為胖子大公爵搞的鬼！他對你使用了幻術，使比華利大戲院的人們都產生了相反的情緒。」

「相反的情緒？」

「是的。你原本是一位不怕艱難，樂觀進取的人，現在卻變成沉浸於煩惱，什麼都怪責自己的人。」

「那我該怎麼辦？」

眾人望着小希，小希從口袋裏取出艾密斯團長交給她的兩張牛皮紙，展開其中一張，念道：「尋找比華利。」

大家面面相覷，對這紙上所寫的任務完全無法理解。

「比華利不是大戲院嗎？為什麼要尋找？」俊樂問。

「不，比華利是我最崇拜的藝術家！我之所以會創辦比華利大戲院，全是因為她！」彼得説，迷濛的眼神透出一絲光彩。

「噢，原來比華利大戲院的比華利是個人啊！」俊樂恍然道。

「那一年我初到城市，在大城市一家餐廳內做着最底層的工作。有一次我將垃圾倒去後巷回收箱時，遇到了不願屈服而得罪客人的大明星比華利。當時她在後巷被顧客狠狠教訓，幸而我及時把她救了出來。

「經過那件事，比華利偶爾會來找我閒聊，並給了我一份工作——戲院的售票員。那間戲院是比華利與朋友們合資的，雖然不大但獨具風格，有着獨到的法國風情與浪漫情懷。我第一次進去那戲院時就為它深深着

迷！」

「原來你第一次踏足的戲院，就是比華利所開辦的戲院。」

「對！是比華利帶領我走入聲光炫彩的電影世界。比華利是我一輩子最尊敬及感謝的人，所以比華利大戲院以她命名，紀念她對我的提攜。」

「那我們還等什麼？快去找比華利吧！」

「不行，比華利已經去世了。怎麼找？」

「她為什麼去世了？」俊樂難過地問道。

「當時剛好發生戰爭，戲院很快就被戰火摧毀，比華利也在戰亂中失去了性命。」彼得黯然說道。

眾人愕然。已死去的人的確沒辦法尋找，要找也只能找她的墳墓罷了。

「這任務怎麼會這樣？讓我們去找死人？」龍貓憤恨地寫道。

大夥兒靜默了好一會兒，最終小希打破沉默，說：「先看看艾密斯團長交給我們的另一個任務吧！」

說着小希將另一張牛皮紙展開來，念道：「蒂凡尼的眼淚。」

眾人再次面面相覷，對這樣的任務不明所以。

「為什麼要取得蒂凡尼的眼淚？我不願看到她傷心流淚！」彼得憤慨地說。

小希想了想，說：「艾密斯團長每次交與的任務都

有他的理由和道理，我們還是耐心等候艾密斯團長回來告訴我們原因吧！」

「不！我決計不讓他人傷害蒂凡尼！如果有人讓她流淚，我一定不放過他！」彼得忿忿地抱拳説。原本頹喪萎靡，一副喪家犬模樣的彼得竟陡然一轉，顯現英勇神武的姿態。

「這難道就是美人造就了英雄？」小希不禁想。

地下室昏暗的燭火映照着他們每個人困惑而疲憊的面容，大夥兒不再多説，懷着忐忑的心靜候艾密斯團長到來。

② 「家」

　　鏡頭映着某個窄小暗沉的通道。

　　一個弱小的身軀捲縮着躺在那兒。他兩眼輕輕合上，露出微微細縫。捲曲的睫毛往上翹起，圓嘟嘟的臉龐雖沾染了些泥垢，卻無損他無邪天真的面容。他小小的手掌毫無握力地抓着早已涼透的雞翅膀。

　　突然，他動了動，嘴角甜甜一笑，似乎在做着美夢，但轉瞬間又露出驚恐的樣子，眉頭緊蹙。

　　不一會兒，他驚醒過來。他看了看四周，定下心來。這時他發現了手中的雞翅膀，連忙舉起來啃咬。那雞翅膀雖然乾冷，味道卻依舊美味。他吃完後舔了舔嘴沿，好像更餓了。

　　他跪坐着想了想，開始在圓筒形的通道內慢慢爬行，從通道口窺探出去。

　　這時間外頭靜謐一片，燈光都熄滅了。

　　他有點費力地爬出去，讓自己雙腳慢慢着地，接着瞄準目標，往裝有食物的青色四方桶子迅速跑去。他踮起腳尖往桶內搜尋一番，回來時懷裏裝滿了食物。

　　那都是些快過期或已過期的三明治、蛋糕、鮮奶、

果汁等等。

他滿心歡喜地抱着食物爬進「家」裏，美美地享用着，這是他這一天以來最開心的時候。

他留了些飲料和食物作明天的早餐，臨睡前也乖巧地上了趟廁所，他記得母親以前總是叮囑他臨睡前一定要先上廁所。

隔天天亮後享用完早餐，保安打開了玻璃大門，他伺機溜出去附近的公園蹓躂，看花看鳥看魚，看路過的行人和在公園做運動、跳舞、騎單車的人們。

在他追着啾啾鳴叫的麻雀玩樂的時候，有個東西從口袋裏掉了出來。那是一枝棒棒糖，由於長時間置於口袋，棒棒糖有些融化變形了。他繼續追趕麻雀，完全沒注意到掉落的糖果。

時間很快過去，他肚子又餓了。

他溜進店內，趁着客人用完餐還未收拾餐盤，將碟子內剩下的食物掃光光，再攢了一瓶未喝完的瓶裝水，瞄準時機偷溜進他的「家」。

他無所事事地把玩着剛才撿到的風箏、有點損壞的玩具和便當盒。玩得累極便睡去，醒來時，燈光再次暗下。他又爬出圓筒形通道，搜尋餐廳內丟棄的可食用食品，並把一套即棄餐具清洗一番，搬進通道內。

「住在這裏好像不會被人發現。」他看着這兩天從外頭搜集到的戰利品，兀自開心了好一會兒，但不久即

露出落寞的神情，喃喃念道，「可是我好想念阿弟⋯⋯
我想見彼得爺爺⋯⋯」

　　他抱着那些戰利品，默默流着眼淚睡去，淚水沾濕
了臉頰、頭髮、衣襟。

21 回到過去

時已近午夜。

小希等一眾人在昏暗的地下室待了好多個小時，艾密斯團長還是沒有現身。小希與俊樂為免家人擔憂，都預先向家裏報備今晚在朋友家過夜趕功課。

他們喝了點水，還吃了永哥以備不時之需而預先準備的乾糧。

「幸好有永哥，不然我們可要餓死渴死了！」俊樂為此對永哥多了一份感激之情，他這人最受不得肚子餓了。

「這些都是你們拿來給我的。」永哥有些靦腆地別過頭去，他不習慣別人的讚許。

填了些東西進肚後，大夥兒在昏暗的氛圍內昏昏欲睡，空氣中似乎充滿了催眠劑，敦促着大家快些入睡。小希擔心大家睡去會注意不到艾密斯團長的呼叫，於是開始詢問彼得在比華利創辦的戲院工作期間的事。

「還記得當售票員不久的某一天，我遇到了幾位稀客。那可是當地的大人物，他們帶着年幼的孩子來觀賞電影。就在那天，卻發生了罕見的全鎮大停電！」

　　彼得原本頹喪的面容一說起戲院往日的事跡,整張臉都閃閃發光的。

　　「這次危機如果處理不當,隨時會被勒令關閉戲院,但比華利立即想出個辦法。她登上伸手不見五指的舞台,即席表演歌舞,而我則負責從旁為她照明。表演很成功,不但化險為夷,還得到了大人物的讚許⋯⋯

　　「當炮火轟炸下來,大都會戲院不幸被打中。許多人僥倖逃出生天,但比華利堅持守在戲院⋯⋯她沒能逃出戲院,就此長眠於戲院底下⋯⋯

　　「戰後我一無所有,本想着回鄉務農。但我發現當時人們營養普遍不足,更因缺乏維生素以致抵抗力非常弱。正巧我所認識的大人物有一些方法從外國取得增強抵抗力的藥物,令我發了一筆橫財。賺到第一筆錢之後,我繼續尋找商機,引進人們迫切需要的東西,解決民生問題。我還介紹了一些海外商家與大人物碰面,讓雙方各自滿足所需,他們因此對我懷抱感激之心。那時我知道時機已經成熟,是時候實現我一直以來的夢想了⋯⋯」

　　「然後你就創辦了比華利大戲院?」俊樂情緒激昂地問。

　　「嗯,比華利大戲院的一釘一磚都滿載我的貢獻和力量。」

　　俊樂臉上充滿了豔羨,道:「真好!多希望我也有

這樣的際遇和能耐！小希你説是不是？」

「是啊，多麼激勵人心、熱情奔放的一生，根本就是勵志小説的最佳題材。但這並不是虛構，而是如假包換，活生生發生在眼前的事！」小希想的是如何將彼得的事跡寫下來，讓人們知曉。

龍貓想起自己小時候面對的困難，與彼得相比根本不值一提。

「你的遭遇真的很戲劇化，也充滿了難以想像的坎坷。換作是我，早就放棄了。」龍貓寫道。

大夥兒紛紛對彼得的真實故事表達心中的激動，唯有永哥一直靜靜地坐在角落，神色沒有明顯變化，似乎對彼得身上發生的事完全不感興趣。當彼得的目光望向他時，他總是趕緊別過臉去，生怕彼得詢問他的意見或什麼似的。

「呵！回首過往，我變成現在這副懦弱的模樣真的很不堪。」彼得搖搖頭感歎，「我真希望能回到在大都會戲院上班的那一天！」

「回到在大都會戲院上班的那一天……」小希思索着彼得所説的話，然後如雷灌頂般醒悟過來，神色振奮地説，「或許艾密斯團長讓我們帶着你一起穿越時空縫隙的原因，就是要回到那個時候？不然怎麼尋找比華利？」

眾人一時恍然大悟，紛紛點頭應和。此時地下室上

方傳來腳步聲，接着他們聽見艾密斯團長的叫喚聲：「小希！俊樂！」

「是艾密斯團長！」俊樂叫道。

永哥彈起身，往其中一塊地板的側邊按壓下去，一塊天花板往下開啟，永哥迅速從牆邊凹洞拉出簡陋的繩梯，説：「上去吧！」

大夥兒陸續由繩梯爬上一樓的房間。艾密斯團長正要開口，外頭又傳來腳步聲，他趕緊説：「想不到這大公爵找了個厲害角色，我差點兒就回不來了！」

「什麼厲害角色？」俊樂問。

「時空縫隙即將關閉，沒時間了！快跟我來！」

艾密斯團長説着，往後門逃去，小希、俊樂、彼得及龍貓匆忙跟去，永哥則重新回到地下室。他可不想蹚這個渾水，什麼時空縫隙、大戲院的，這些都和他沒有任何關係。

小希忙着追向艾密斯團長，雖然她有點擔憂永哥，但眼下執行任務才是最重要的事，因此她只好暫且放下永哥的事。

艾密斯團長跑得飛快，大夥兒追得氣喘吁吁的，但這條路小希倒是相當熟悉，因為這正是通往城中表演中心的道路。

他們來到第一回遇見老人彼得墜湖的地方，艾密斯團長停下來，回頭對他們説：「我們將會回到比華利與

彼得關鍵的碰面時刻，讓彼得親眼見證比華利聘請他當售票員的珍貴一刻！」

「為什麼回到過去的時空縫隙會打開？」小希好奇問道。

「這就是為何我跟你們說必須等待時機。為了計算出《比華利大戲院》世界中某一段過去時空的蟲洞縫隙，智慧長者需要花費比平時更多的時間。幸好她終於找到了！那可是萬分之一存在的微小縫隙啊！」

小希又是一貫的有聽沒有懂，她知道毋須糾結於原因，只需做好必須做的事，於是她說：「那我們現在要啟程了嗎？」

小希用「啟程」，因為這將會是他們的第一趟時空旅行。

只見艾密斯團長拿出懷錶，目測水面上漸漸清晰的一條灰色縫隙，對着秒針念道：「十、九、八、七、六……」

大家緊張地盯着那灰色縫隙，俊樂更是整顆心被懸在半空，咕嘟咕嘟地咽了幾口口水。就在艾密斯團長念出「一」之際，大公爵一行三人奔到他們跟前，艾密斯團長呼喝道：「快跳！」

灰色縫隙此時如直立的大眼睛般往左右兩邊睜開來，小希抱着龍貓跳了過去，俊樂和彼得也縱身一跳，艾密斯團長趁「大眼睛」合上前，及時跳了進去。須臾

間，蟲洞縫隙完全消失，湖邊上空什麼都沒有，午夜的公園顯得平靜肅殺。

　　亞肯德大公爵眼睜睜看着他們進去穿越立體書世界時空的蟲洞縫隙，氣得在原地跺腳，一句話都説不出來。

　　下一秒，亞肯德大公爵卻大笑起來，嘴角的八字鬍抖動不已。伊諾直愣愣盯着陰晴不定的大公爵，不知該生氣還是該跟着笑，表情尷尬萬分。

22 穿越時空的聚首

經過蟲洞縫隙的瞬間，小希什麼都感受不到，只感到身體微微有些靜電反應。根據艾密斯團長後來所述，這乃是穿越不同時空座標常有的感覺，習慣了之後幾乎完全感受不到時空的轉變。

他們一行人在穿越蟲洞時只聽見嗖嗖的聲響，接下來，他們發現已來到某個高聳建築物的後方。

「這是哪裏？」俊樂問道。

「這……」彼得赫然瞪大眼，不可置信地說，「這兒……不就是我昔日工作的餐廳後巷？」

彼得激動地來回踏步，道：「我就是在這裏救了比華利！」

艾密斯團長頗感欣慰地說：「好，確認了沒來錯地方，不過還必須確認時間點。」

「怎麼確認？」小希問。

艾密斯團長朝彼得眨眨眼，說：「問他不就知道了嗎？」

眾人看着彼得，彼得疑惑地指着自己，說：「我？我什麼都不知道啊！」

「我的意思是，問這個時空的你，而不是現在的你。」

「啊？你到底在胡説什麼？我不就是我？難道有兩個——」彼得説着，驟然明白過來，他匆忙跑到餐廳後門，雙手顫抖着輕輕推開了門……

彼得在門後窺探一陣，接着他嘴巴張得老大，似在看着什麼異形生物，面容都抽蓄了。大夥兒沿着他的視線看去 —— 一位長得與彼得一模一樣的人正在廚房處理廚餘，處理後他便費力地洗刷鍋具，看起來疲憊不已，完全沒注意到門後的動靜。

彼得縮回身子，走到艾密斯團長跟前，説：「沒錯，這是我救了比華利大約一個月之後的時間。我記得經理知道比華利特別照顧我後，對我百般刁難，懲罰我洗刷全部鍋具。」

「好極了！」艾密斯團長説着走出巷子，眾人立即跟上。

「現在要怎麼做才好？」小希問。

「任務是什麼？」艾密斯團長問。

「尋找比華利。」

「那就是了，我們現在只需等候比華利找上門！」

「我們現在要去哪裏？」俊樂傻乎乎地問道。

「難道你不想吃吃這個時代的地道美食嗎？」

　　「地道美食？」俊樂說着兩眼泛光，而後緊緊尾隨艾密斯團長走出巷子。

　　他們一行人浩浩蕩蕩地去夜市嘗了各式稀奇古怪的小食，又去了彼得介紹的一家價格公道的自助式餐廳，享用了味道奇特的炭烤沙拉雞、炒麵漢堡、芥蘭芝士香料燴飯等等。看着餐廳內淳樸地道的六十年代裝潢和擺設，大夥兒胃口大增，結果不知不覺吃了過多食物。

　　「好撐！好久沒吃這麼多美食！」俊樂挺着圓圓的肚腩走出餐廳，滿足地說，「謝謝你啊彼得，要不是你，我們可沒辦法在《比華利大戲院》中的世界結賬，那就不能吃到這麼多美食了！」

　　彼得淡然地擺擺手，一副完全不打緊的姿態。

　　「待會兒再去喝點東西如何？」艾密斯團長朝俊樂挑了挑眉。

　　「喝什麼？」俊樂馬上撐大了鼻孔，興奮問道。

　　「艾密斯團長，我們不是應該守在彼得工作的地方等候比華利嗎？」小希終於忍不住問道。她從剛才就一直很擔心錯過了過去的彼得與比華利碰面的黃金時機。

　　「放心，待會兒我們會經過比華利與彼得會面的地點。」

　　「比華利與我會面的地點？難道是大都會戲院？」彼得說着，緊張地睜大了雙目。

　　「正是。」艾密斯團長眨了眨眼，說，「別擔心

啦！我們難得來到《比華利大戲院》這立體書中的奇特世界，而且還回到過去的時空，當然要好好地享受一番！」

說着艾密斯團長邁步向前，誰知龍貓此時卻突然竄到他腳下，阻擋住去路。艾密斯團長移步向左他也向左，移步向右他也向右，總之就是不讓艾密斯團長前進。

「龍貓，你怎麼擋着艾密斯團長呢？」小希説。

龍貓死死盯着艾密斯團長，執意不讓他離開。

「龍貓是怎麼了？他平時再不講理也不至於如此蠻橫，難道……」小希揣測着，望向艾密斯團長。

艾密斯團長沉下臉來，鼻孔冒煙地驅趕龍貓道：「讓開！我們要趕去喝好的吃好的，別擋路！」

小希看着難得發脾氣的艾密斯團長，嘀咕道：「艾密斯團長居然生氣了？他可從來沒有發過脾氣呢……」

小希趕緊拿出平板電腦和無線藍牙軟鍵盤，讓龍貓在上面打字。龍貓跳上軟鍵盤，輸入道：「他説謊！他根本不想去大都會戲院！」

這時彼得也撓撓頭，道：「對呀！大都會戲院不是在這方向，而是那邊。」

大夥兒朝彼得指向的地方望去，艾密斯團長趕緊説：「不！彼得，是你記錯了！大都會戲院的確是在這方向！」

234

「不，雖然我已經很多年沒來過這裏，但絕對不可能記錯！」彼得氣惱地説。

「哈哈哈！人類的記憶是會出錯的，你怎麼能肯定自己沒有記錯？」

「我現在帶你們去，不就知道有沒有記錯了？」

小希這時站到艾密斯團長跟前，呵口氣，看進艾密斯團長眼底。她看見了閃爍及猶豫，於是她大膽地説：「你不是艾密斯團長。」

「哈哈哈！我的眼、耳、口、鼻、頭髮、衣飾，甚至噘嘴的樣子都是艾密斯團長，誰能説我不是艾密斯團長？」

「我！」龍貓用力地拍擊鍵盤，「你不是艾密斯團長！我是識謊之靈，可以辨別任何謊言。我可以證明剛剛你説的都是謊言！」

「哼！你説自己是識謊之靈，就是識謊之靈？誰知道你是不是假的？」

「哦，我看到了！」龍貓嘴巴張成O型，寫道，「你身形纖細，皮膚白皙，是個俊美得像女孩子的傢伙。噢！你竟然還會變身！」

小希瞪着「假」艾密斯團長，問道：「你到底是誰？」

「哈哈哈！我是誰？我也不知道。我可以是任何人，所以我誰都不是。」艾密斯團長説着陰沉地笑笑，

接着他一揮手、轉個身，竟變了個樣！他正如龍貓所說，是個長相俊秀卻有點陰陽怪氣的傢伙。

「難道艾密斯團長說讓他差點回不來的厲害傢伙就是你？」小希問。

「嗯，厲害傢伙啊，說得也是。說起易容變身，大概沒幾個人能比得過我奧狄了。」

「奧狄？」小希重複道，「你是幾時變成艾密斯團長的？我們怎麼都沒發現？」

「哈哈，那麼容易被發現就不是我奧狄啦！唉！可憐的艾密斯團長，在進入蟲洞縫隙前一秒被我推倒，不知道他有沒有跌傷呢？」

「你！艾密斯團長肯定沒事！」小希氣憤地說。

「易容？變身？真的有這樣的法術？」俊樂吶吶問道。

「小傢伙，我明明就在你跟前變身，還有假的？」奧狄得意地仰高頭，隨即神態嫵媚地說，「看來你們要錯過重要時刻了！」

「什麼重要時刻？」彼得問。

「一定是你跟比華利碰面的時刻！彼得，快帶我們去大都會戲院！」小希急促地說。

彼得四下張望，接着朝記憶中熟悉的道路奔去！小希、俊樂與龍貓立即跟上，奧狄也施施然跟了過去。

當他們趕到大都會戲院的時候，「過去的彼得」正

好接受了聘書，興高采烈地走了過來，彼得等人趕緊閃去一旁。

彼得眼睜睜看着比華利走回戲院，黯然地低下頭，說：「還是錯過了接受聘書的關鍵時刻。」

小希不知道該說什麼來安慰彼得，只能靜靜地陪伴在他身畔。

哀傷的彼得這時望着暗啞的地板，流下一滴淚水。水珠掉落地板時因為大都會戲院的閃爍燈光而蹦出火花般絢麗光彩。他猛然一愣，着魔般唱起歌來。

「當我們悲傷的時候，還有歌聲陪伴我們。
當我們失去力量的時候，還有朋友陪伴我們。
當一切都背棄我們的時候，還有希望陪伴我們。
何時我們才能理解，無他無我？
只要有人就有希望，只要相信就有實現的力量。」

彼得緩緩唱着音律悲戚卻飽含力量的歌曲，周遭的事物似乎都因他的聲音而活躍起來。

小希和俊樂陶醉於彼得低沉卻富有質感的聲線中，完全沒意識到有個人走到了他們身後。

彼得唱到一個段落嗚咽地停下來，站於他身後的人這時用力拍着掌，說：「太好了，彼得！我知道是你！只有你才能完美地詮釋我的歌曲！」

彼得緩緩轉過身去，比華利正站在那兒！

兩人對視半晌，而後喜極而泣，激動地相擁。

「你不覺得奇怪嗎？我老了這麼多。」彼得問道。

「世界上沒有什麼是不可能的，只要相信就有實現的力量，不是嗎？」比華利真誠地說。

「是。只要相信就有實現的力量！你知道嗎？比華利，我創辦了大戲院，名字就叫比華利大戲院！」

比華利幾乎不能置信，隨即感動得流下淚水，説：
「我就知道你一定能做到……我的好彼得！」

兩人抱頭痛哭，互訴往日與未來的片斷和情景。時
空的相隔，絲毫不影響兩人的情誼。

23 領悟

　　一開始小希還擔心在沒有艾密斯團長的帶領下，他們無法回到自己的世界，但多虧龍貓的「識謊功能」，他們終於得以順利來到蟲洞縫隙開啟的地方。

　　「你們隨意說個蟲洞縫隙開啟的時間和地點，那我就可以辨識到虛假的話，看到真相。」

　　如此這般，小希等人回到屬於他們的世界，並在湖畔遇見一直等候在那兒的艾密斯團長。

　　「我就知道你們會順利完成任務，讓彼得見到比華利，醒覺過來。」艾密斯團長安慰地拍拍彼得的肩膀，接着瞟一眼跟着小希他們回到這世界的奧狄，說，「就算你有天大本事，該完成的還是會完成。你別執迷不悟了，奧狄！」

　　「嘿！別再跟我說教！我最討厭這套！我不如去練練法術更好，掰！」奧狄朝艾密斯團長翻了個白眼，便匆匆離去。

　　「他就是你說的厲害角色？會變身的奧狄？」小希問。

　　「呵，是的。他小時候曾在艾密斯馬戲團待過一陣

240

子，我還教導過他基本的易容表演，後來他覺得馬戲團無法讓他發揮潛力，於是選擇離開。但我萬沒想到他竟選擇追隨亞肯德大公爵！」艾密斯團長慨然説道。

彼得走來向艾密斯團長鞠躬，道：「感謝你們，我現在感到充滿了力量。我會好好重振比華利大戲院！讓大家也跟我一樣，從電影中找到夢想和力量！」

艾密斯團長看看懷錶，慌忙説道：「我們得回去了！小希，俊樂，還有——」

大夥兒這時才注意到龍貓不知何時已變回人類！他那滿布風霜的臉龐綻開笑顏，説：「叫我彼得。」

老人彼得的聲線渾厚而富有磁性，一點兒都不像從他這般年紀的人嘴裏吐出來。

「彼得，你會想念識謊之靈的。」艾密斯團長眨眨眼説。

「呵呵，這非常可能。呃……謝謝你。」老人彼得説。

「不客氣，那我和彼得先走一步。」

艾密斯團長正要離開，小希趕忙叫住他們：「等等！還有一個任務沒完成，不是嗎？」

「呵呵！那個任務隨着尋找比華利的任務完成，也連帶辦妥了。你沒看見龍貓已經變回人類了嗎？」

「可是……為什麼？」

「彼得找回當初創辦比華利大戲院的熱誠，回去後

肯定可以感動蒂凡尼，不就找到蒂凡尼的淚水了嗎？」

大夥兒這才恍然大悟。

「原來不只有連續時空縫隙的出現，還有連帶完成任務的情況啊！」小希不禁讚歎道。

彼得不好意思地低下頭道：「原來是我讓蒂凡尼流淚，我真是太幸福了。從來沒想過蒂凡尼會為我流淚，我一定不會辜負她，好好經營大戲院，帶給人們無比絢爛的歡樂時光……」

「夠了夠了！你就是太長氣——」艾密斯團長嘀咕着，把還想喋喋不休宣洩心中感想與熱情的彼得拉走了。

小希和俊樂望着老人彼得，顯得有些尷尬，畢竟他們與老人彼得也算是第一次「坦誠相見」。

老人彼得説：「走吧！天亮了，你們的父母怕是擔心得徹夜未眠。」

「你現在要去哪裏？」俊樂從剛才開始就一副彆扭的模樣，好不容易擠出這句話。

「還能去哪裏？回家吧！我現在迫不及待想回去我那空寂靜默的家呢！」

「你還真是孤僻，哈哈！」小希打趣説。

「我本來就是孤僻又惹人厭的老人啊！你們沒事就別來找我，知道嗎？」老人彼得雖然這樣説，眼角卻泛起了淚水。

　　小希和俊樂這時再也忍不住了，他們投入老人彼得的懷抱，似乎非常不捨。

　　「我會想念你的！」小希説。

　　「雖然之前我有點討厭你，不過現在真的很想念識謊之靈龍貓！我必須跟你説，龍貓打字的樣子很帥氣！」俊樂説。

　　「呵呵！不瞞你説，其實我也被自己帥氣的樣子打動了。」老人彼得笑着擦去眼淚，吸吸鼻子，以他那副中氣十足的渾厚嗓音説，「艾密斯團長説得不錯，我現在已經開始想念識謊之靈了……」

　　就在此時，他們之間有股微微震動，接着一股樂音傳出，是小希的新手機鈴聲。

　　「噢，是誰這麼早就打來？」

　　小希取出背包中的手機，按了接聽鍵。

　　「喂？哦，什麼？嗯……好，你幫我們跟學校，還有家裏説一聲，我們去找小禹。」

　　小希放下電話，道：「祖銘説小禹沒地方去，很可能就在這裏附近，讓我們繼續找。」

　　「那還等什麼？走吧！」

　　説着老人彼得率先找了起來。

　　三人找遍了城中表演中心和臨近地區，仍不見小禹蹤影，於是倒回永哥所在的廢棄宿舍尋找，最後再擴大範圍搜索，還是沒找到小禹。

「怎麼辦？小禹會不會失足⋯⋯」俊樂赫然盯着公園湖面。

「你別胡說，小禹是個機靈的孩子，這事絕對不可能發生！」老人彼得説着，手竟微微顫抖起來。他跑到湖畔仔細察看每一寸草坪，想從中找出蛛絲馬跡。

小希和俊樂也重新翻找一遍公園的每個角落，生怕錯過任何線索。

終於，老人彼得在湖邊石頭路旁的草叢中，找到了一樣東西——棒棒糖。

他記得每回小禹到他家幫忙收拾，事後都會給小禹一枝棒棒糖。這棒棒糖跟他給小禹的一模一樣！

老人彼得激動地説：「小禹一定來過這裏！」

「但我們找了那麼久，也沒看到他⋯⋯」俊樂説着，又擔憂地望向湖面。

「不！他一定還在這裏附近！我們會把他找出來的！」老人彼得固執地説着，然後指揮起小希與俊樂搜尋的方向，兩人默默遵從老人彼得的指示繼續尋找。

時間一分一秒過去，三人找得累倒在公園內，已經一天一夜未曾合眼的三人終於抵不住睡魔的召喚，在草地上昏昏睡去。

待他們再次醒來，已是晚間時分。

小希迷濛地睜開眼，喃喃説道：「我好像看見了什麼。」

「看見什麼？小禹的鬼魂嗎？」俊樂問，但他馬上被老人彼得拍了一下頭顱。

「哎喲！我只是隨便說說而已。」

「不准亂說話！小屁孩，教不聽。」老人彼得嚴厲地說。

俊樂低下頭嘀咕着：「如果你還是龍貓，我不拔完你的毛……」俊樂攢緊了拳頭，一副氣呼呼的模樣，然後他大叫道，「我餓扁了！你是大人，你請客！」

「哼！不就是請客而已嗎？」老人彼得毫不示弱地說，「在哪裏吃？快說！」

「最靠近公園的……城中表演中心的比華利咖啡廳！」俊樂一想到吃的，馬上把所有的不快都拋開了。

「比華利咖啡廳？」小希問。

「對啊！就是我們來看你朋友表演那天去過的咖啡廳啊，你忘記了？」

「不，我記得，不過好像有什麼是我漏掉的……」小希沉吟着。突然，她朝城中表演中心跑了過去。

「喂！小希！等等我啊！小希！」俊樂叫喚着，追了過去。

「真是的！這些孩子每次話沒說完就跑掉，我現在又不是龍貓，沒辦法健步如飛……」老人彼得邁開腳步，盡量跟上他們。

當老人彼得氣喘吁吁趕到比華利咖啡廳的時候，小

希和俊樂正對着咖啡廳後方的裝置藝術品發楞，他過去拍拍他們道：「看什麼看得那麼投入？這藝術品有什麼好看——」

老人彼得未説完，兩眼瞪大地望着由下數起第三個長方塊内的「藝術品」，那正是熟睡的小禹！

「小禹！」老人彼得説着，趕緊讓小希和俊樂叫醒小禹，原本準備關店的咖啡廳服務員也驚訝地走過來，詢問着小禹這兩天的遭遇。

小禹什麼都沒説，一看到老人彼得就衝進他的懷抱，哭喊着一直叫道：「彼得爺爺！彼得爺爺！」

「好，好，彼得爺爺在這裏，別怕。」

「彼得爺爺，媽媽走的時候讓我去找你，可是……可是……我一直找不到你……」小禹哽咽着説。

老人彼得與小希、俊樂三人面面相覷，那時候的他應該已經變成龍貓了吧！

「我不想去兒童院舍，我想待在家裏。」

小禹説着，眼淚又流了下來，他的臉頰被淚痕畫得烏黑發亮。

老人彼得想起年幼的小禹在小食中心幫忙的可憐身影，不知該説什麼安慰他。但他腦海隨即浮現之前與艾密斯團長之間的對話。

「不！我最討厭人家逼我做事，為什麼偏偏是我？快説！」

「這……當然是有特別的含義，你到現在還沒有領悟過來嗎？」

「難道我會變成龍貓是為了小禹？」

老人彼得望向小禹那瘦弱的身子，升起一股許久未曾有過的溫馨感覺。

「有個人不嫌我嘮叨地聽我說故事好像也不錯……何必執着於為何變成龍貓？」

他拍拍小禹的背，聲音渾厚有力地說：「小禹不想去兒童院舍就不去！以後小禹就跟着彼得爺爺，好不好？彼得爺爺等你幫我除草呢！」

「沒問題！小禹最厲害就是除草了！」小禹終於破涕為笑。

大夥兒都相繼笑了。

比華利咖啡廳的燈光暗下來，眾人歡喜地走出咖啡廳。咖啡廳員工臉上也洋溢着喜悅之情，他們萬萬想不到那看起來毫不起眼的裝置藝術品，竟然成為這小孩小禹短暫的避風港。

疑雲再起

　　老人彼得終於下定決心將所有當年錄製的黑膠唱片賣出，其中一張不小心被一位「黑膠達人」收購了。「黑膠達人」在網上直播他的唱片，想不到竟意外竄紅。

　　許多音樂咖啡廳發函邀請老人彼得演出，老人彼得自知聲線不比往常，不敢貿然接下演唱工作，但他並未因而放棄。

　　他開始鍛煉身體，堅持每天跑步健身，持續到湖邊發聲練唱。日復一日地，他漸漸恢復了往日美好的聲線。雖無法達到昔日實力，但去演出已是綽綽有餘。之後的日子，他不定期帶着小禹四處演唱，日子過得既快活又寫意。

　　老人彼得時常想起比華利大戲院，想到立體書世界

中那身世坎坷的彼得就覺得自己真的很幸運，他時時提醒自己要充滿熱情地度過每一天。

小希和俊樂偶爾會來找他，他們通常會相約在比華利咖啡廳吃東西，聊着只有他們才知道的悄悄話（一說起那段變身為龍貓的事他們就樂不可支，聊得不亦樂乎），成了擁有共同秘密的忘年之交。

這天，俊樂來到小希的家，一塊兒準備學校一年一度的嘉年華會所需用品。他和小希經營的是二手精品攤位，於是他帶來了父親從外國買給他的許多紀念品，比如風車鑰匙扣、荷蘭木鞋、貝多芬小塑像、英國兵士木製娃娃等等。

「這些都是我的『寶貝』啊！」俊樂有點不捨地取出他的「寶貝」們，一一擺放到桌上。

「哇，好精緻，換我也捨不得。」

聽小希這麼一說，俊樂更不捨了。他估摸着該取回哪一件的時候，看到小希將一大堆二手物品從儲藏室取出來，不好意思地把手縮了回去。

「物件必須有人使用和欣賞才有它的價值。雖然不捨，但我還是決定把所有收藏在儲藏室的東西捐出去。」

俊樂發現那裏頭有牛仔帽、掛飾、各種精緻玩具、書籍等等。

「這些都是我以前很喜歡的玩具和書畫，我打算全都捐出去義賣。」

「小希，你不會後悔嗎？」

「不。自從那天回到彼得所在的過去時空，我就有一種體悟。所有東西都無法永久留存，緊緊抓在手裏，百年後也是變成塵土。不如趁還有人喜歡的時候分享出去！」

小希將所有物件清點一番，準備仔細擦拭乾淨，貼上標籤。

「看吧！嘉年華會當天我們的二手精品攤位一定是最受歡迎的！」小希說着，拿起藏在下頭的一幅畫準備擦拭時，畫的後方卻掉出一張東西。

「那是什麼？」俊樂把地上的東西撿起來。

小希接過俊樂手中四方扁平的物件。物件上畫着一位風華絕代的女郎，畫風是五、六十年代的海報風格，小希對着畫中人呢喃道：「這人好像有點眼熟⋯⋯」

俊樂這時看出端倪，他口吃地說道：「是⋯⋯是那個⋯⋯那個彼得的⋯⋯」

小希意會過來，叫道：「比華利！」

俊樂拚命頷首。

兩人驚訝不已地查看那四方物件的正反面。反面寫着比華利的名字，還有一些標注着編號的字句。

「是比華利的黑膠唱片！」

　　小希小心翼翼地抽出裏頭的圓盤狀黑色東西——黑膠唱片。

　　那黑膠唱片完好無缺，中心圓形處貼了舊時代設計的美麗標籤，上面寫着比華利的名字，還有比華利所演唱的歌曲。

　　小希驚歎地看着保存得極為良好的唱片，説：「難怪我當初聽到比華利咖啡廳的時候，覺得這麼熟悉。原來我小時候曾聽過比華利和她的歌曲！」

　　「可是，比華利不是立體書世界裏的人物嗎？為什麼你家裏會有這唱片？」

　　「對啊！太奇怪了……難道我家人也曾去過比華利身處的世界？」小希呢喃推測。

　　「小希，這是誰的珍藏品？」

　　「這應該是……是……」小希撓撓頭，似乎想不出個所以然。

　　這時俊樂發現唱片封套下方有一行字，念道：「永遠愛你，范黎。范黎是——你爸爸？」

　　小希一臉驚愕，把黑膠唱片拿在手上，道：「我記起來了！爸爸以前常播放這黑膠唱片，媽咪也非常喜歡，有時還隨着歌曲起舞……」

　　俊樂愣了好一會兒，才説：「或許你爸爸曾去過立體書世界，把這黑膠唱片帶回來？」

　　小希一時無法接受，但她隨即陷入沉思，做出撫摸

下巴的招牌思考動作道：「又或者是比華利曾來過我們的世界？你記得嗎？那天她和彼得相遇時説的話——『只要相信就有實現的力量』，她之所以那麼容易就接受彼得來自未來世界，一定是親身經歷過這樣的事！」

俊樂一頭霧水，呆呆地望着小希，他實在想不透比華利為何會來到他們的世界，而且還把她的黑膠唱片交給小希爸爸。

小希隨後也黯然歎氣，道：「其實我也不知道是怎麼回事。不過，俊樂，我相信爸爸一定和立體書世界有特殊的關係！」

俊樂點點頭，説：「這黑膠唱片是珍貴的物品，絕對不能賣掉。」

「嗯。」

小希小心地將黑膠唱片收在櫃子內，才放好，屋外便傳來緊急的拍門聲：「小希！小希！」

小希與俊樂面面相覷，這聲音不就是祖銘嗎？

小希趕緊去開門，門口的祖銘一臉着急，説：「永哥不見了！」

「什麼？永哥為什麼不見了？廢棄宿舍被人發現了嗎？」

祖銘神色驚慌地説：「我不知道，我找遍了廢棄宿舍，連地下室都找了好幾遍，就是沒看到他的身影。他答應過我不再無故消失的！」

　　「如果沒人發現，永哥應該不會無端端離開，除非他遇到了特殊狀況⋯⋯」

　　這時祖銘從袋子中取出一個厚重的東西，道：「我在樓上找到了這個。」

　　小希和俊樂雙目突兀地瞪着那東西，脫口而出：「《迷都十九區》？」

　　另一本立體書出現了！

　　「永哥果真遇到了特殊狀況。」小希神色凝重地說。

　　這時候的小希和俊樂並不知道，等待他們的，將是令人驚慄又疑雲重重的驚險任務⋯⋯

奇幻書界 2
戲院迷域

作　　者：蘇飛
繪　　圖：ru ru lo cheng
責任編輯：林沛暘
美術設計：李成宇
出　　版：山邊出版社有限公司
　　　　　香港英皇道 499 號北角工業大廈 18 樓
　　　　　電話：(852) 2138 7998
　　　　　傳真：(852) 2597 4003
　　　　　網址：http://www.sunya.com.hk
　　　　　電郵：marketing@sunya.com.hk
發　　行：香港聯合書刊物流有限公司
　　　　　香港新界大埔汀麗路 36 號中華商務印刷大廈 3 字樓
　　　　　電話：(852) 2150 2100
　　　　　傳真：(852) 2407 3062
　　　　　電郵：info@suplogistics.com.hk
印　　刷：中華商務彩色印刷有限公司
　　　　　香港新界大埔汀麗路 36 號
版　　次：二〇一九年七月初版

ISBN: 978-962-923-482-9
© 2019 SUNBEAM Publications (HK) Ltd.
18/F, North Point Industrial Building, 499 King's Road, Hong Kong
Published and printed in Hong Kong